हिन्द पॉकेट बुक्स

प्यार या व्यापार

दत्त भारती आधुनिक हिन्दी साहित्य के प्रमुख लेखक, कवि, नाटककार और सामाजिक विचारक थे। कहानी, कविताओं और लेखों के अलावा आपने कई सौ उपन्यास लिखकर साहित्य में अपना एक अलग विशिष्ट स्थान बनाया है। घर और स्कूल से प्राप्त आर्यसमाजी संस्कार, विश्वविद्यालय का साहित्यिक वातावरण, देशभर में होने वाली राजनैतिक हलचलें, बाल्यावस्था में आर्थिक संकट इन सबने आपको अति संवेदनशील, तर्कशील और विचारक बना दिया, जो आपके लेखन का आधार बना। आपको समाजसेवा एवं लेखन के लिए कई पुरस्कार भी मिले हैं।

प्यार या व्यापार

दत्त भारती

हिन्द पॉकेट बुक्स
पेंगुइन रैंडम हाउस इम्प्रिंट

हिन्द पॉकेट बुक्स

यूएसए। कनाडा। यूके। आयरलैंड। ऑस्ट्रेलिया। सिंगापुर
न्यू ज़ीलैंड। भारत। दक्षिण अफ्रीका। चीन

हिन्द पॉकेट बुक्स, पेंगुइन रैंडम हाउस ग्रुप ऑफ़ कम्पनीज़ का हिस्सा है,
जिसका पता global.penguinrandomhouse.com पर मिलेगा

पेंगुइन रैंडम हाउस इंडिया प्रा. लि.,
चौथी मंजिल, कैपिटल टावर -1, एम जी रोड,
गुड़गांव 122 002, हरियाणा, भारत

पेंगुइन
रैंडम हाउस
इंडिया

प्रथम संस्करण हिन्द पॉकेट बुक्स द्वारा 1977 में प्रकाशित
यह संस्करण हिन्द पॉकेट बुक्स में पेंगुइन रैंडम हाउस द्वारा 2022 में प्रकाशित

10 9 8 7 6 5 4 3 2

ISBN 9789353497200

मुद्रकः रेप्रो इंड़िया लिमिटेड

www.penguin.co.in

प्यार या व्यापार

द्वितीय महायुद्ध लगभग समाप्त होने को था। फरवरी, 1945 की बात है लेफ्टीनेंट प्रभाकर छुट्टी पर आया। मैं, दीदी और प्रभाकर फिल्म देखने गए।

फिल्म खास न थी। जैसाकि महायुद्ध के समय में आदेश था कि तीन फिल्मों में से एक फिल्म महायुद्ध के प्रोपेगेण्डा पर बनाओ, यह फिल्म भी प्रोपेगेण्डा फिल्म थी। प्रभाकर ने कहा था कि वह सैनिक वेशभूषा से तंग आ गया है, इसलिए वह शहरी वेश में फिल्म देखने जाएगा। लेकिन उन दिनों जंग का कुछ ऐसा प्रभाव था कि यदि परिवार में एक-आध फौजी अफसर होता तो सबकी यही इच्छा होती कि फौजी वरदी पहनकर घुमे।

दूसरी वजह यह थी कि सिनेमा-घरों में फौजियों को टिकट केवल आसानी से मिल ही न जाते थे; बल्कि टैक्स भी माफ होता था, इसलिए प्रभाकर लेफ्टीनेंट की वरदी में था। मैंने हरे रंग का जर्ज पहन रखा था, जो मेरे नैन-नक्श और व्यक्तित्व को उजागर कर देता था और लड़कियां मुझे देखने पर विवश हो जाती थी।

दीदी ने साढ़ी पर शॉल ओढ़ रखा था।

फिल्म का नाम 'नर्स' था, और मैं नर्सों के बहुत निकट था। इंडियन मिलिटरी नर्सिंग सर्विस के हैडक्वार्टर में काम करता था। और जहां काम करता था, वहां लगभग अस्सी प्रतिशत ऐंग्लो-इंडियन लड़कियां काम करती थीं, जिनमें से अधिकांश 'वकाई' थीं। उन्हें यूनिफॉर्म पहनना ज़रूरी था। हम वरदी नहीं पहनते थे।

आर्मी नर्सिंग सर्विस का काम बहुत दिलचस्प था। प्रिंसिपल

मैट्रन लेफ्टीनेंट कर्नल के रैंक की थी।

नर्सों की शिकायतों का अम्बार दफ्तर में जमा रहता था। अधिकांश नर्सें शिकायत करती थीं कि अमुक अफसर ने बलात्कार करने की कोशिश की। नर्सों को शायद मालूम न था कि उनकी शिकायतें केवल औरतें ही नहीं पढ़तीं, बल्कि मर्द भी पढ़ते हैं, और उनमें से एक मैं भी था। शिकायत पढ़ने के बाद मुझे नोट करना पड़ता, जिसे प्रिंसिपल मैट्रन डिवीज़न को भेज देती थी, जहां वह अफसर काम करता था। लेकिन मैं जानता था कि अंग्रेज़, महायुद्ध लड़ रहा है और वह बलात्कार को लेकर परेशान न था कई बार ऐसा होता था कि जब हमारी रिपोर्ट डिवीज़नल हैड-क्वार्टर में पहुंचती, वह अफसर इस संसार में ही न होता। जापा-नियों से लड़ता हुआ मर गया होता। इस तरह कोई सज़ा देने का प्रश्न ही न उठता था।

लेकिन यदि मैंने उन दिनों डायरी लिखी होती तो आज एक दर्जन नॉवेल लिख सकता था।

कई कुआंरी नर्सें बच्चों को जन्म देना चाहती थीं। इसके लिए उन्हें छुट्टी चाहिए थी। इस प्रकार का केस 'कोर हैडक्वार्टर' के अन्तर्गत सैनिक अस्पताल की मैट्रन को लिख दिया जाता। उन दिनों नर्सों का रैंक हवलदार होता था, यद्यपि आजकल लेफ्टीनेंट है।

मेरी दिलचस्पी यही थी कि मैं देखूं, नर्स के जीवन पर किस प्रकार की प्रोपेगेण्डा फिल्म बनाई गई है।

हम तीनों हॉल में प्रविष्ट हुए तो स्लाइड दिखाई जा रही थी। यह स्लाइड भी बहुत दिलचस्प होती थी।

एक स्लाइड में एक कब्र दिखाई गई थी और लिखा था—'यह उस व्यक्ति की कब्र है, जो स्वयं को बहुत होशियार ड्राइवर सम-झता था।'

दीदी ने हंसकर कहा, "यह तुम्हारे लिए है।"

"मेरे लिए!" मैंने हंसकर कहा, "मैं तो जीवित हूं, फिर हिंदू हूं। भला मेरी कब्र क्यों बनने लगी!"

"इसलिए कि तुम अपनी ए॰ जे॰ एस॰ (मोटरसाइकल का नाम) बहुत तेज़ चलाते हो।"

"कहां तेज़ चलाता हूं! केवल साठ मील की रफ्तार से

चलाता हूं।" मैंने भी हंसकर उत्तर दिया।

"साठ मील प्रति घण्टा!" प्रभाकर ने कहा।

"मैं इसे बहुत मना करती हूं, लेकिन यह बाज़ नहीं आता।"

"मेरी ए० जे० एस० केवल अढ़ाई हॉर्स पावर की है। "इंडियन' या 'हारेल' ले दो, जो साढ़े सात हॉर्स पावर की हैं। फिर मेरी रफ्तार देखना।"

"उसे तुम सौ मील प्रति घण्टे की रफ्तार से चलाओगे?" प्रभाकर ने गम्भीरता से कहा।

"तुम्हारा दोष नहीं, तुम्हारी आयु का दोष है।"

"भाई साहब! मैं आपसे तेरह वर्ष छोटा हूं; लेकिन यदि पिताजी की मृत्यु न हो जाती तो मैं आज मेजर होता, आपकी भांति लेफ्टीनेंट नहीं।"

"इक्कीस वर्ष की उम्र में मेजर नहीं बनते।" प्रभाकर ने कहा।

"प्रथम महायुद्ध में एक लेफ्टीनेंट ने दो बार विक्टोरिया क्रॉस जीता था, और उसे चौबीस वर्ष की आयु में ब्रिगेडियर बना दिया गया था।" मैंने अपनी सैनिक जानकारी पर प्रकाश डाला।

"अच्छा, अब चुप हो जाओ। पिक्चर शुरू हो रही है।" दीदी ने डांटा, "आधा खानदान तो हवाई, थल और नौसेना में भरा हुआ है। केवल एक तुम बच गए हो। तुम भी फौज का नाम लेते हो तो दिल कांप जाता है।"

"खैर, मैं भाई साहब की भांति डाकखाने में न जाता और इकतीस फरवरी की मोहरें न लगाता। और न ही लेफ्टीनेंट होता, बल्कि इन्फैंट्री में होता तो अब तक विक्टोरिया क्रॉस जीत चुका होता—लेफ्टीनेंट पी० एस० भगत की तरह।"

"अच्छा, अब पिक्चर देखो।"

"पिक्चर क्या देखना—भारतीय प्रोपेगेण्डा फिल्में! फिल्म 'किस्मत' एक चोर और जेबकतरे की कहानी थी। आखिर में एक गीत दे दिया—' दूर हटो ए दुनिया वालो, हिन्दुस्तान हमारा है।' वह लाल हवेली देखी थी, जिसमें हीरो स्टेनगन से जहाज़ गिरा लेता है, और फिल्म प्रोपेगेण्डा बन गई।"

"अब चुप भी रहोगे या नहीं!" दीदी ने डांटा।

"लो, चुप हो जाता हूं।"

फिल्म चलती रही और मैं बोर होता रहा। यह ऐसी नर्स की कहानी न थी, जिनका मैं रिकॉर्ड रखता था। बेसिर-पैर की कहानी थी।

भगवान का नाम लेकर इण्टरवल हुआ। हॉल में रोशनी फैली तो चारों ओर दृष्टि दौड़ने लगी। दीदी ने किसी महिला को हाथ से संकेत किया। उसने जवाब में इशारा किया और उठकर हमारे पास आ गई।

"हैलो मोना!" उसने कहा।

"हैलो कुलवन्त! पिक्चर देख रही हो?"

"हां।"

"किसके साथ?"

"भाई के दो मित्र आए हैं।"

"खूब! आजकल दिल्ली में हो?"

"हां; जैन डिस्पेंसरी में काम कर रही हूं।"

"और तुम्हारा पति कहां है?"

"कलकत्ता में।"

"क्या कर रहा है?"

"डिप्टी सुपरिटेंडेंट पुलिस है।"

"हालात ठीक हुए?"

"नहीं मोना! अब हालात कभी ठीक न होंगे। तुम जानती हो, वह मेरे योग्य न था।"

"ऐसी बात तो न थी।"

"मुझे लेफ्टीनेंट से मिलवाओ।"

"अवश्य मिलो। लेफ्टीनेंट प्रभाकर—मेरा फुफेरा भाई है। प्रभाकर, यह लेडी डॉक्टर कुलवन्त है।"

"आपसे मिलकर बड़ी खुशी हुई।" प्रभाकर ने कहा।

"मुझे भी। मोना, कभी इन्हें मेरे यहां लाओ।" कहकर उसने जैन डिस्पसरी का पता बता दिया।

"अवश्य आएंगे।"

"पक्का मोना?"

"पक्का।"

"अच्छा, अब मैं चलती हूं। शो खत्म होने के बाद मिलेंगे।"

"अवश्य।"

कुलवन्त चली गई।

"दीदी! तुमने मुझे नहीं मिलवाया?"

"तुम अभी बच्चे हो।"

"इतना तो नहीं। खैर से इक्कीस वर्ष का हूं और मोटरसाइकल साठ मील प्रति घण्टे की चाल से चलाता हूं।"

"अच्छा, अब पिक्चर देखो।"

"उसे फौजी अफसरों में बड़ी दिलचस्पी है।"

"बातें कम करो।"

"लो, ज़ुबान बन्द।"

भगवान का नाम लेकर फिल्म खत्म हो गई। फिल्म मेरी समझ में ही नहीं आई थी। हम धीरे-धीरे बाहर निकले। बालकनी मे नीचे आए, लेकिन कुलवन्त दिखाई न दी। वह अपने भाई के मित्रों के साथ चली गई थी।

"दीदी, वह तुम्हारी कुलवन्त दिखाई नहीं दी?"

"आएगी भी नहीं।"

"क्यों? उसने तो निमन्त्रण दिया था!"

"आज के लिए तो नहीं।"

"आज के लिए क्यों नहीं?"

"तुम बाल की खाल उतारते हो।"

"तुम कैसे जानती हो?"

"किसे? बाल की खाल को?"

"नहीं, लेडी डॉक्टर कुलवन्त को।"

"पगले, गांव में रामसिंह जेलर का नाम सुना है?"

"क्यों नहीं! पक्की हवेली है और पक्की दुनाली बन्दूक है। गांव में केवल तीन लोगों के पास बन्दूकें हैं—एक हमारे पास, एक जेलर के पास और एक ज़ैलदार के पास।"

"तो यह जेलर की बेटी है।"

"फिर तो मुझे भी मिलवाना चाहिए था। आखिर वह हमारे गांव की लड़की है, और एक तरह से बहन हुई।"

"उसे बहन बनाकर क्या करोगे?"

"क्यों? गांव की हर लड़की बहन होती है।"

"लेकिन वह इस योग्य नहीं।"

"तुम कह रही थीं कि पति कहां है?"

"हां।"

"क्या वह पति के साथ नहीं रहती?"

"नहीं।"

"क्यों?"

"तुम तो बात के पीछे पड़ जाते हो। यह एक लम्बी कहानी है।"

"तो सुनाओ वह।"

"फिर किसी दिन सुनाऊंगी।"

"और अब क्यों नहीं?"

"फिर अपनी ज़िद!"

ज़िद थी या नहीं, लेकिन दीदी ने बात को रहस्यमय बना डाला था, और अब मैं यह जानने के लिए उत्सुक था कि कुलवन्त के जीवन का रहस्य क्या था।

2

दूसरे महायुद्ध से पूर्व की स्थिति बहुत खराब थी। देसी घी एक रुपये का अठारह छटांक। दूध दो आने सेर और गेहूं तीन रुपये मन; लेकिन केवल एक चीज़ सस्ती न थी, वह थी नौकरी।

एक बी॰ ए॰ पास को तीस रुपये मासिक की नौकरी न मिलती थी। मैट्रिक तो चपरासी या पोस्टमैन के लिए सिफारिश तलाश करते थे।

रामसिंह जेलर था। बहुत बड़ा अफसर। केवल तीन बच्चे थे—दो लड़कियां और एक लड़का।

तीनों बच्चों को उसने ऊंची शिक्षा दिलवाई थी। कुलवन्त ने एल॰ एस॰ एम॰ एफ॰ किया था। यद्यपि एल॰ एस॰ एम॰ एफ॰ एम॰ बी॰ बी॰ एस॰ के बराबर न था, लेकिन फिर भी डॉक्टरी की डिग्री नहीं तो डिप्लोमा अवश्य था। और उन दिनों एल॰ एस॰ एम॰ एफ॰ की भी बहुत कद्र थी।

डॉक्टर बहुत कम होते थे। फिर लेडी डॉक्टर बहुत ही कम थीं। और कुलवन्त लेडी डॉक्टर बन गई।

कुलवन्त लेडी डॉक्टर ही न बनी, बल्कि उसे नब्बे रुपये मासिक

पर नौकरी भी मिल गई। नब्बे रुपये बहुत होते थे। बीस रुपये मासिक में तो चार कमरों की कोठी किराये पर मिल जाती थी। आदमी नौकर और आया रख सकता था।

यह सब कुछ तो हो गया, लेकिन रामसिंह जेलर सारी उम्र गांव, बल्कि पंजाब से दूर रहा था। उसका गांव से कोई नाता न रहा था। कभी पांच-सात वर्ष में एक बार गांव आता, कुछ लोगों से मिलता, कुछ लोग उससे मिलते, इसलिए कि वह बड़ा अफसर था। लेकिन रिटायर होने से पहले उसने जेल की कमाई से, जो घूस का दूसरा नाम है, गांव में दुमं ज़िला मकान बना लिया। यह सोच-कर कि बुढ़ापा और जीवन के अन्तिम दिन वह गांव में बिताएगा।

लड़कियों को कॉलेज की शिक्षा दिलाई थी, इसलिए लड़कियों को स्वतन्त्रता प्राप्त थी, और गांव की लड़कियों की तरह सीधी-सादी न थी। गांव में भी उसने अपनी बिरादरी से मेल-जोल न रखा, क्योंकि सभी किसान थे। और रामसिंह जेलर किसान न था, बल्कि पैंतीस वर्ष सरकारी नौकर रहा था। गांव में हमारी स्थिति भी बहुत अच्छी थी। पिताजी भी सरकारी अफसर थे और 'केसरे हिन्द' की उपाधि उन्हें प्राप्त थी, इसलिए दोनों घरों में काफी मित्रता पैदा हो गई थी।

सारी बिरादरी में कुलवन्त के लिए कोई उपयुक्त लड़का न था, बल्कि आसपास के दस-बारह गांवों में कोई लड़का न था। इसलिए कि किसीके पास भी दस-बारह एकड़ से अधिक ज़मीन न थी। अब दस-बारह एकड़ जमीन का मालिक जागीरदार या ज़मींदार न कहला सकता था।

कुलवन्त ब्याह की आयु तक पहुंच चुकी थी; बल्कि उन दिनों लड़की का ब्याह सोलह वर्ष में हो जाता था, और कुलवन्त बीस वर्ष की हो गई थी।

अब रामसिंह को अनुभव हुआ कि उसने बहुत बड़ी गलती की है। वह किसी भी होनहार लड़के को जेल में असिस्टेंट सुपरिं-टेंडेंट भर्ती करा सकता था, और उसके साथ कुलवन्त का ब्याह तय कर देता; लेकिन अब समय गुज़र गया था।

समय व्यतीत हो रहा था, बल्कि पर लगाकर उड़ रहा था और कुलवन्त के लिए लड़का न मिल रहा था। अब मैट्रिक पास से तो कुलवन्त का ब्याह न हो सकता था। और डॉक्टर उसकी बिरा-

दरी ने पैदा ही न किए थे।

रामसिंह हर सभ्य व्यक्ति से कहता कि कोई योग्य लड़का बताओ, लेकिन योग्य लड़के कहां थे! शिक्षा कहां थी! मैट्रिक पास करना बहुत बड़ी बात थी। एक बी॰ ए॰ ने तो दर्ज़ी का काम शुरू कर दिया और दुकान का नाम रखा—ग्रेजुएट टेलर्ज़।

आखिर एक दिन बात पिताजी तक पहुंच गई।

"पंडितजी! आप ही कोई लड़का बताइए।"

"लड़का! लेकिन रेलवे में तीस रुपये मासिक मिलते हैं। मैं किसी लड़के को नहीं जानता। आप लड़का देख लीजिए, मैं उसे नौकरी दिलवा दूंगा। नौकरी दिलवाना मेरा ज़िम्मा।"

"काश! मैंने ऐसा ही सोचा होता और अपने विभाग में किसी लड़के को नौकरी दिलवा दी होती।"

"अभी कुछ नहीं बिगड़ा। अभी मैं रिटायर नहीं हो रहा हूं। आप जानते हैं कि मैंने तीन-चार सौ आदमियों को नौकरी दिलवाई है, और वह भी बिना रिश्वत के। हालांकि आप जानते हैं कि सरकारी नौकरी बिना घूस के नहीं मिलती। जो घूस नहीं दे सकते, वे दो-तीन वर्ष तक पूरा वेतन दे देते हैं।"

"काश! मैं भी किसीके काम आया होता। मैं तो यूं अनुभव करता रहा कि मुझे कभी किसीकी ज़रूरत ही न पड़ेगी।"

"यह आपकी गलती थी जेलर साहब! अब मुझे देखिए, जिस शहर में जाता हूं, कोई न कोई ऐसा मिल जाता है, जिसे मैंने नौकर कराया है। जब वे सादर सत्कार करते हैं, तो सीना गर्व से दुगुना हो जाता है।"

"अब मुसीबत यह है कि लड़की एल॰ एस॰ एम॰ एफ॰ डॉक्टर है। उसे ग्रामीण के पल्ले तो बांधा नहीं जा सकता।"

"तो चिन्ता क्यों करते हैं! आप कोई बी॰ ए॰ पास लड़का देख लीजिए, जो बेकार हो। मैं एक मास में नौकरी दिलवा दूंगा। आपकी लड़की मेरी लड़की है। फिर गांव की मर्यादा का प्रश्न है। क्या बिरादरी में कोई लड़का नहीं?"

"बी॰ ए॰ क्या, मैट्रिक भी नहीं।"

"हिम्मत न हारिए। ब्याह संयोग की बात है। मैंने तीन लड़कियों का ब्याह किया है, और तीनों ही रईस घरानों में ब्याही गई हैं।"

"आपकी बात और है। आप ब्राह्मण हैं। ब्राह्मणों में शिक्षा बहुत है। मैं सैनी हूं, और सैनी शिक्षा से दूर रहते हैं।"

"मुसीबत तो यह है कि कुलवन्त नब्बे रुपये महीना कमा रही है। यदि लड़का मिल भी जाता है तो वह तीस रुपये मासिक कमाएगा। दोनों का निबाह भी हो सकेगा या नहीं? हमारी लड़कियां ऐसी नहीं। वे पति को भगवान समझती हैं।"

"आप अपनी बात कर रहे हैं। कुलवन्त बहुत बददिमाग है। फिर मेरे लाड़-प्यार ने उसे बिगाड़ डाला है।"

"मैं उसे समझा दूंगा।"

"आपकी बहुत इज़्ज़त करती है।"

"आप लड़का तलाश करें।"

"बेहतर।"

पिताजी वर्ष में एक मास के लिए गांव जाते थे। ग्यारह मास लाहौर रहते थे। नॉर्थ वेस्टर्न रेलवे के हैडक्वार्टर में एकाउंट अफसर थे।

इस छुट्टी में जेलर रामसिंह ने एक लड़का तलाश कर लिया। लड़का बी॰ ए॰ पास था, लेकिन बेकार था।

लड़के का नाम बलबीर था। रामसिंह जेलर उसे मिला तो उसने स्पष्ट शब्दों में कहा, "जब तक मुझे नौकरी नहीं मिल जाती, मैं ब्याह नहीं कर सकता।"

"नौकरी दिलवाना मेरा काम है, बल्कि उत्तरदायित्व है। इसके लिए तुम चिन्ता न करो। मेरे एक मित्र रेलवे में अफसर हैं।"

"पहले नौकरी, फिर ब्याह।" बलबीर के पिता ने कहा।

"मुझे स्वीकार है।"

"आपने कहा है कि लड़की नब्बे रुपये कमा रही है?"

"जी हां।"

"और रेलवे में तीस रुपये मिलेंगे?"

"जी हां।"

"यह जोड़ी ठीक नहीं रहेगी।"

अब बड़ी मुश्किल से तो बी॰ ए॰ पास लड़का मिला था। रामसिंह अब जेलर न था, बल्कि बेटी का पिता था। कहां उसने पैंतीस वर्ष डण्डे के ज़ोर से हुकूमत की थी; लेकिन अब वह बेटी

की खातिर सिर झुका रहा था। और बेटी की खातिर राजा-महाराजा ने सिर झुकाया है। यह जेल न थी, जहां वह कैदियों पर डण्डे बरसाया करता था।

"आप चिन्ता न करें, मेरी लड़की ऐसी नहीं। वह परिस्थिति से समझौता कर सकती है। और उसे ऐसी शिक्षा दी गई है कि वह पति की जूतियां भी उठाएगी। घर का काम करेगी। पति की सेवा करेगी।"

"मैं आपके उस मित्र से मिलना चाहता हूं, जो नौकरी दिलवाएगा।" बलबीर के पिता ने कहा।

"बड़े शौक से। यूं तो वह लाहौर रहते हैं, लेकिन आजकल गांव में छुट्टी पर आए हुए हैं। आप कल ही आ जाइए।"

"अच्छा, हम कल आ जाएंगे।"

"बेहतर।"

रामसिंह चला आया। उसने पिताजी से बात की, "मैंने एक लड़का देखा है। सुन्दर है, जवान है, छः फुट कद है; लेकिन वे आपसे मिलना चाहते हैं, ताकि नौकरी की बात पक्की हो जाए।"

"जेलर साहब! आप चिन्ता न करें। मैंने हां कर दी है तो समझ लीजिए कि नौकरी आपकी जेब में पड़ी है।"

"मैं आपका किस तरह धन्यवाद करूं!"

"धन्यवाद की बात नहीं, यह गांव की मर्यादा का प्रश्न है, और आपकी बेटी मेरी बेटी है। वैसे कुलवन्त कहां नौकरी करती है?"

"लुधियाना में।"

"फिर लड़के को लुधियाना में नौकरी दिलवाऊंगा। यद्यपि लुधियाना फिरोज़पुर डिवीज़न में है, लेकिन मैं सब ठीक कर दूंगा। उसे दो-तीन महीने लाहौर काम करना पड़ेगा।"

"कोई बात नहीं।"

अगले दिन बलबीर और उसका पिता गांव में उपस्थित थे। उन्होंने रामसिंह जेलर का मकान देखा तो उनके अन्दर आत्महीनता का भाव पैदा हो गया; लेकिन वे लड़के वाले थे।

"आप आ गए?"

"जी हां।"

उनको दूध पिलाया गया। फिर रामसिंह उन्हें लेकर पिताजी

के पास आया।

उन्होंने हमारा मकान देखा तो चकरा गए। घर में निवार के साठ पलंग थे। तीस के लगभग कुर्सियां थीं। वास्तविकता तो यह थी कि यह सब रेलवे का माल था, जो सस्ते दामों यानी कौड़ियों के भाव खरीदा गया था।

पिताजी से परिचय हुआ।

"पंडितजी, यह है लड़का। बी॰ ए॰ पास है, लेकिन इसे नौकरी की आवश्यकता है। और कोई मांग नहीं।" रामसिंह ने कहा।

पिताजी ने लड़के को ऊपर से नीचे तक देखा। लड़का हर लिहाज़ से कुलवन्त के लिए उपयुक्त था।

"नौकरी की चिन्ता न करें। वह मेरी परेशानी है। मैंने सौ से अधिक व्यक्तियों को नौकरी दिलवाई है।"

"बस, तो हमें सम्बन्ध स्वीकार है।" पिता ने कहा। वह तो जेलर का घर और हमारा घर देखकर कायल हो गया था।

"मुझे प्रार्थना-पत्र दे दो। पहले दो-तीन मास लाहौर में नौकरी करनी होगी, फिर मैं लुधियाना में बदली करा दूंगा।"

"हमें स्वीकार है।"

जेलर रामसिंह ने लड़के को एक रुपया दे दिया और कहा, "आप चिन्ता न करें, ब्याह ठीक तरह होगा। आप जितने चाहें, बाराती ला सकते हैं।"

"बारात में तो डेढ़ सौ आदमी होंगे और हम तीन दिन रहेंगे।" बलबीर के पिता ने कहा।

"हमें स्वीकार है।" पिताजी ने कहा।

रिश्ता तय हो गया। वे लोग चले गए। पिताजी और जेलर रह गए।

"रामसिंह !"

"जी पंडितजी ?"

"मेरा विचार था कि हम एक बार कुलवन्त से पूछ लें।"

"इसकी ज़रूरत नहीं। वह मेरी बेटी है। मैं अपनी बेटी को जानता हूं।"

"लेकिन कुलवन्त डॉक्टर है और नब्बे रुपये मासिक कमा रही है। शायद वह पसन्द न करे कि पति तीस रुपये मासिक कमाना है !"

"पण्डितजी, आप कैसी बात कर रहे हैं! हमारी बिरादरी में पढ़े-लिखे लड़के कहां! मुश्किल से बी० ए० पास लड़का मिला है। फिर आज तीस रुपये कमाएगा, लेकिन उन्नति तो कर सकता है।"

"वह तो ठीक है। आपने लड़कियों को अधिक शिक्षा दिलवा दी और यह न सोचा कि लड़के कहां से मिलेंगे।"

"मैं अफसर था। और जहां मैं जेलर था, उस नगर और देश में शिक्षा आम है।"

"मैं जानता हूं, लेकिन अब आप इस देश में हैं। भगवान करे कि दोनों का निर्वाह हो जाए। तीस रुपये और नब्बे रुपये में बहुत अन्तर है। कुलवन्त एक जेलर की लड़की है।"

"वह ठीक है। हमारी जाति में सब किसान हैं, और किसीके पास दस एकड़ से अधिक जमीन नहीं। बलबीर से ब्याह होता है तो कम से कम शहर में तो रहेगी।"

"आप कुलवन्त को बुला लें।"

"बेहतर।"

"मैं उससे बात करना चाहता हूं।"

"मैं आज ही आदमी लुधियाना भेज देता हूं। वह कल आ जाएगी।"

"ठीक है।"

कुलवन्त अगले दिन आ गई। पिता ने कोई बात न की। उसे पंडितजी के पास ले आया।

"कुलवन्त बेटा! हमने तुम्हारे ब्याह की बात की है।"

"कहां की है चाचाजी?"

"लड़का बी० ए० पास है।"

"काम क्या करता है?"

"बेकार है; लेकिन मैं उसे नौकरी दिलवा रहा हूं। लड़का बहुत सेहतमन्द है। बी० ए० है और हर तरह से तुम्हारे लिए उपयुक्त है।"

"डैडी! आपने मुझे डॉक्टरी की शिक्षा क्यों दिलवाई? कोई डॉक्टर क्यों नहीं तलाश करते?"

"बेटा, डॉक्टर तुम्हारी बिरादरी में कहां है। शुक्र करो कि यह लड़का बी० ए० पास है। कम से कम बात तो कर सकता है।

तुम्हारे साथ चल-फिर सकता है। फिर परिस्थिति ऐसी नज़र आ रही है कि साल दो साल में द्वितीय महायुद्ध शुरू हो सकता है। उस समय कोई अच्छी नौकरी मिल सकती है। फौज में भी जा सकता है। कमिशंड अफसर हो सकता है।"

"लेकिन आज तो आप उसे नौकरी दिलवा रहे हैं।"

"वह ठीक है। हालात तुमसे छुपे नहीं। तीस रुपये की नौकरी मिलना भी आसान नहीं। फिर तुम्हारे डैडी देश से बाहर रहे। जिस देश में तुम्हारा जन्म हुआ, वह स्वतन्त्र विचारों वाला है; लेकिन यहां की स्थिति ऐसी नहीं। हम जो कुछ कर रहे हैं, सोच-विचारकर कर रहे हैं।"

"लेकिन चाचाजी, तीस रुपये तो कुछ भी नहीं।"

"तुम जानती हो कि जाति-बिरादरी से बाहर ब्याह नहीं हो सकता। तुम्हारी बिरादरी में मैट्रिक पास बहुत बड़ी बात है। यह लड़का तो बी॰ ए॰ है।"

"फिर मुझसे क्यों पूछ रहे हैं? आप और डैडी जो कर रहे हैं, वह ठीक ही है।"

"तुम देश से बाहर रही हो, इसलिए तुम्हें बताना ज़रूरी था।"

"तो ठीक है।"

"अच्छा, तुम अन्दर जाओ।"

कुलवन्त भीतर चली गई। दीदी उसकी सहेली थी।

"जेलर साहब! कुलवन्त को रिश्ता पसन्द नहीं।"

"लेकिन इसके सिवा चारा भी क्या है! मैं एक वर्ष से लड़का तलाश कर रहा हूं। बड़ी मुश्किल से यह बी॰ ए॰ पास मिला है। फिर आप नौकरी दिलवा रहे हैं। वह अहसान-तले रहेगा।"

"यही तो गलत बात है।"

"अब गलत है या सही, हम हां कर चुके हैं।"

"आपकी इच्छा।"

"आप चिन्ता न करें। कुलवन्त नेक और सुशील लड़की है।"

"मैं जानता हूं।"

"अब आप नौकरी की कोशिश करें।"

"वह मुश्किल नहीं।"

आधा घण्टे पश्चात् जेलर ओर कुलवन्त अपने घर चले गए।

3

पिताजी ने बलबीर को नौकरी दिलवा दी, और वह लाहौर चला गया।

उसके साथ ही ब्याह भी हो गया।

पहली रात बलबीर ने कुलवन्त से पूछा, "कुलबन्त, हमारा घर पसंद आया?"

"खाक घर है! भैंस के मूत्र और गोबर की बदबू से नाक फट रहा है।"

"लेकिन हम यहां स्थायी रूप से नहीं रह रहे हैं। यदि तुम चाहो तो लाहौर रह सकती हो।"

"लाहौर में नौकरी मिल जाएगी?"

"मेरी तो जान-पहचान नहीं है।"

"फिर?"

"मैं जल्दी ही लुधियाना आ जाऊंगा।"

"वह भी मेरे चाचाजी की वजह से। उन्होंने ही नौकरी दिलवाई है।" कुलवन्त ने कहा।

"मैं उनका अहसान आयुपर्यन्त न भूलूंगा। लेकिन कुलवन्त, भैंस तो तुम्हारे घर में भी है!"

"लेकिन मैं वहां रहती नहीं। दो-चार दिन के लिए आती हूं और मलेरिया के डर से भाग जाती हूं।"

"तुम तो डॉक्टर हो। कुनीन इस्तेमाल कर सकती हो।"

"कुनीन से कमज़ोरी आती है।"

"क्या तुम्हें अकसर मलेरिया हो जाता है?"

"नहीं। अभी तक तो बची हुई हूं; लेकिन इस घर में एक हफ्ता रही, तो मलेरिया हो जाएगा। कच्चा मकान। भैंस। उंह!"

"लेकिन अब यह घर तुम्हारा है, और हमने इकट्ठे जीवन व्यतीत करना है।"

"इस घर में?"

"नहीं, लाहौर या लुधियाना में।"

"लुधियाना में जिस डिस्पेंसरी में मैं नौकर हूं, वहां तीन कमरों की कोठी मिली हुई है।"

"वह भी हमारी है।"

"अब तो है ही।"

"कल हम तुम्हारे गांव जा रहे हैं। और वहां से मैं लाहौर चला जाऊंगा और तुम लुधियाना चली जाना।"

"आप लाहौर में और मैं लुधियाना में!"

"मैं हर शनिवार को लुधियाना आ जाया करूंगा और सोमवार सुबह की गाड़ी से लाहौर चला जाया करूंगा, जब तक मेरी बदली लुधियाना नहीं हो जाती।"

"यह भी कोई जीवन है!"

"केवल दो मास की बात है। तुम मेरे साथ लाहौर चलो और चाचाजी से कहो कि मेरी बदली जल्दी करा दें।"

"वह तो करा देंगे।"

"फिर ठीक हो जाएगा।"

"आप टूथपेस्ट कौन-सा करते हैं?"

"टूथपेस्ट! मैं तो कीकर की दातुन करता हूं।"

"दातुन तो जंगली लोग करते हैं।"

"तुम्हारा मतलब है, मैं जंगली हूं?"

"वह तो मैंने नहीं कहा।"

"फिर किसे कहा है?"

"जो दातुन करते हैं।"

"वही तो मैं कह रहा हूं कि मैं दातुन करता हूं, इसलिए जंगली हुआ। लेकिन जानती हो, दातुन करने से दांत मज़बूत हो जाते हैं!"

"लेकिन मुंह की सड़ांध नहीं जाती।"

"मेरे मुंह से बदबू आ रही है?"

"नहीं, गुलाब के इत्र की सुगन्ध आ रही है।"

"कुलवन्त, तम तो पहली रात ही लड़ने के मूड में हो।"

"क्या में लड़ रही हूं?"

"और क्या! लड़ ही रही हो।"

"मैं एक लेडी डॉक्टर हूं।"

"तो अब मुझे जीवन की धारा बदलनी पड़ेगी?"

"क्या में नहीं बदल रही हूं?"

"क्यों नहीं। यह मकान कच्चा है। भैंस के मूत्र और गोबर

की बदबू आ रही है। मेरे मुंह से सड़ांध आ रही है। कुछ और भी कहना है?"

कुलवन्त सम्हल गई। सचमुच वह बहुत कुछ कह गई थी।

"हम हनीमून के लिए शिमला चलेंगे।"

"शिमला! लेकिन मेरी इतनी तनखाह नहीं है।"

"मेरी तो है।"

"लेकिन मैं नहीं चाहता कि तुम्हारा पैसा खर्च करूं।"

"अब मेरा-तेरा कुछ नहीं। हम दोनों का है।"

"लेकिन यह हनीमून क्या होता है?"

"मनोरंजन।"

"वहां कोई रिश्तेदार है?"

"नहीं।"

"तो ठहरेंगे कहां?"

"होटल में।"

"होटल में!" होटल उनके लिए गाली के बराबर था। केवल राजे-महाराजे या उनके दीवान ठहरते थे।

"हां।"

"धर्मशाला या गुरुद्वारे में ठहरेंगे; लेकिन क्या जाना सचमुच ज़रूरी है?" बलबीर ने सादगी से पूछा।

"अब मैं एक साधारण घरेलू स्त्री नहीं, जो चारदीवारी के भीतर बन्द रहूंगी। मैं देश से बाहर रही हूं। और बम्बई से जब जहाज़ पकड़ते थे तो होटल में ठहरते थे। और आप बी॰ ए॰ हैं, मैट्रिक फेल नहीं, जो हनीमून भी नहीं जानते हैं।"

"वैसे तो मैं जानता हूं, लेकिन इतना खर्च करने का लाभ क्या!"

"यह हमारा पैसा है।"

"लोग क्या कहेंगे कि पत्नी की कमाई खाता है!"

"स्त्री और पुरुष की कमाई इस देश में गिनी जाती है। यहां कितनी औरतें हैं, जो काम करती हैं, लेकिन..."

"यहां पुरुषों को काम नहीं मिलता, स्त्रियों को कहां से मिलेगा?"

"क्यों नहीं! स्कूल में टीचर बन सकती हैं।"

"यह काम विधवा स्त्रियां करती हैं।"

"नर्स बन सकती हैं।"

"नर्सें केवल क्रिश्चियन बन सकती हैं।"

"अजीब देश है! क्या दकियानूसी लोग हैं! यहां स्त्रियां गोबर थापने और चक्की पीसने के लिए पैदा होती हैं। घर की चारदीवारी से बाहर नहीं निकल सकतीं।"

"कुलवन्त! जैसा देस वैसा भेस।"

"लानत है ऐसे देश पर! हम शिमला जाएंगे।"

"पहले तुम्हारे मायके तो हो आएं।"

"आप वहां बात करना चाहते हैं? डैडी से अनुमति चाहते हैं?"

"हां।"

"तो आज ही चलो।"

"लेकिन अभी तुम्हें दो दिन और रहना है। फिर वहां से संदेशा आएगा और हम जाएंगे।"

"इसका मतलब है, मैं लिपस्टिक और पाउडर भी नहीं लगा सकती?"

"वह तो बाज़ारी औरतें लगाती हैं।"

"तो श्रृंगार किसका करूं?"

"श्रृंगार की ज़रूरत ही क्या है! भगवान के लिए लिपस्टिक और पाउडर-सुर्खी मत लगाना, वरना मेरा जीना हराम हो जाएगा। लुधियाना जाकर लगा लेना।"

कुलवन्त समझ गई कि वह दकियानूसी और पुरातनवादी लोगों में ब्याह दी गई है। उसे कोई आज़ादी न होगी। वह घूंघट के बिना घर से न निकल सकेगी। वह लिपस्टिक और सुर्खी इस्तेमाल न कर सकेगी। उसके डैडी ने उसको किस जंगली के पल्ले बांध दिया है!

अब उसका जीवन घुटकर रह जाएगा।

4

तीसरे दिन कुलवन्त अपने मायके गई। बलबीर साथ था।

"डैडी!" वह पिता से गले मिली।

"बेटा! तुम खुश तो हो?"

"खुश। मेरी खुशी की सीमा नहीं। आपको मुझे डॉक्टर न बनाना चाहिए था, अनपढ़ और गंवार रखना था; या फिर इस देश में न आना था। इस देश में आए थे तो इस गांव में न रहना था।"

"ऐसा क्या हो गया?"

"डैडी! मैं घूंघट के बिना निकल नहीं सकती। ऊंची एड़ी की गुरगाबी नहीं पहन सकती। लिपस्टिक और रूज़ नहीं लगा सकती। हनीमून के लिए शिमला नहीं जा सकती। आपने किन गंवार और जंगलियों में मेरा ब्याह कर दिया है! इससे बेहतर तो था कि हम इस देश में लौटकर ही न आते। आखिर इस शिक्षा की क्या ज़रूरत थी?

"बेटी! यह बात मैंने स्वयं यहां आकर अनुभव की है। यहां लड़की को सात क्लास से अधिक नहीं पढ़ाते। वह भी इसलिए कि पति को गलत-सलत पत्र लिख सके।"

"जानते हैं, इनका मकान कच्चा है! हमारे मकान की भांति नहीं। भैंस के पेशाब और गोबर की बदबू से तमाम दिन और रात नाक फटता है।"

"लेकिन तुम्हें गांव में नहीं रहना। तुम तो लुधियाना में रहोगी।"

"लुधियाना कौन-सा विलायत है! वहां भी इसी प्रकार का वातावरण है।"

"लेकिन इससे तो बेहतर है। सिविल लाइंज़ बेहतर इलाका है। फिर तुम्हारा अस्पताल भी ईसाइयों की बस्ती में है।"

"लेकिन यह हनीमून भी नहीं जानते। कहने लगे, जाने की क्या ज़रूरत है! यदि ज़रूरत है तो किसी गुरुद्वारे या धर्मशाला में रह लेंगे। होटल में ठहरना इनके लिए गाली है।"

"मैं जानता हूं; लेकिन इससे बेहतर लड़का बिरादरी में नहीं मिल सकता था।"

"लेकिन हम उस देश में ही क्यों न रह गए?"

"यह मेरी गलती थी।"

"अब आपकी गलती से मेरा जीवन दूभर हो गया है। मैं क्या करूं?"

"मैं बलबीर को समझाऊंगा।"

"नहीं। आप पण्डित चाचा से बात करें कि इनकी बदली लाहौर से लुधियाना करा दें।"

"लुधियाना भी तो तुम्हें पसन्द नहीं। तुम लाहौर क्यों नहीं चली जातीं? लाहौर फिर भी बेहतर है। वहां तुम आज़ादी से घूम-फिर सकोगी। कोई तुम्हारे घूंघट की बात न करेगा, न ही लिपस्टिक की बात करेगा।"

"लेकिन लाहौर में नौकरी कहां है?"

"रेलवे में ही कोशिश करो। आखिर लेडी डॉक्टर हैं कितनी!"

"तो आप पण्डित चाचा से बात करें। ये लोग तो हमसे पचास वर्ष पीछे हैं।"

"मैं लाहौर गया तो बात करूंगा।"

"और आप इन्हें कहें कि शिमला चलें।"

"मैं बात करता हूं।"

उस शाम ससुर और दामाद में बात हुई।

"देखो बेटा बलबीर, मैंने सारा जीवन इस देश से बाहर बिताया और वह देश बहुत आगे है। वहां स्त्रियां पुरुषों के साथ काम करती हैं।"

"लेकिन डैडी, गांव में घूंघट के बिना चलना बेइज़्ज़त कराना है, और मेरी इज़्ज़त है। कुलवन्त घूंघट के बिना निकली तो मेरा नाक कट जाएगा।"

"वह ठीक है; लेकिन एक लेडी डॉक्टर घूंघट ओढ़कर काम नहीं कर सकती।"

"फिर वह गुरगाबी पहनती है।"

"तो क्या देसी जूती पहने?"

"लिपस्टिक और सुर्खी लगाती है।"

"वह कॉलेज में भी लगाती थी।"

"उसे भैंस के पेशाब और गोबर की बदबू आती है।"

"वह तो हमारे यहां भी है। लेकिन उसका अलग कमरा है।"

"अब हमारा मकान तो सिर्फ दो कमरों का है। वह भी कच्चे।"

"तुम्हें जीवन गांव में नहीं बिताना है। पण्डितजी ने तुम्हें रेलवे में नौकरी दिलवाई है। मैं उनसे मिलने लाहौर जाऊंगा

और कहूंगा कि कुलवन्त को भी रेलवे अस्पताल में नौकरी दिलवा दें। दोनों इकट्ठे रहेंगे। लाहौर में गुरगाबी पहन सकती है। लिपस्टिक लगा सकती है।"

"वहां कर सकती है, लेकिन गांव में नहीं। गांव में किया तो मेरा जीना हराम हो जाएगा।"

"मैं उसे समझा दूंगा। तुम कल ही शिमला चले जाओ।"

"लेकिन मेरी छुट्टी खत्म हो रही है।"

"वह मैं पण्डितजी को लिख दूंगा।"

"यह मेरे साथ लाहौर क्यों नहीं चली जाती?"

"विचार बुरा नहीं, लेकिन इसकी इच्छा है कि शिमला जाए। फिर इसके पास पैसा है। तुम क्यों चिन्ता करते हो?"

"लोग कहेंगे कि मैं औरत की कमाई खा रहा हूं।"

"लोगों की ज़ुबान बन्द नहीं हो सकती।"

"लाहौर क्यों नहीं चलती? मैंने दो कमरों का मकान किराये पर ले रखा है। चार रुपये मासिक किराया है।"

"लुधियाना में जो इसे कोठी मिली है, वह देखी है?"

"नहीं।"

"ज़रा उसे देखो। फिर समझ जाओगे कि वह दो कमरों के मकान में क्यों नहीं रह सकती। फिर अस्तपाल के कर्मचारी इसके घर का काम मुफ्त कर देते हैं। वहां कितना सुख है!"

"आप कुलवन्त को लाहौर में नौकरी दिलवा दे।"

"मैं पूरी कोशिश करूंगा।"

"फिर मुझे कोई आपत्ति नहीं।"

"तुम चिन्ता न करो। मैं कल ही लाहौर चला जाता हूं और तुम कुलवन्त के साथ शिमला चले जाओ।"

"वहां हम कहां ठहरेंगे?"

"होटल में।"

"होटल में!"

"अरे, घबराते क्यों हो? जब शिमला जाओगे तो देखोगे कि कितने लोग होटल में ठहरे हैं!"

"आप ऐसा कहते हैं तो मैं चला जाता हूं।"

"शाबाश! नब्बे रुपये कुलवन्त कमाती है, तीस रुपये तुम। एक सौ बीस में तुम बड़े ठाठ से जीवन बिता सकते हो। कुलवन्त

को अच्छी-खासी कोठी मिली हुई है।"

"अब आप विवश करते हैं तो मैं शिमला चला जाता हूं।"

"हां-हां, जाओ, ज़रूर जाओ। तुम गलत समझते हो कि पहाड़ों पर केवल रईस जाते हैं। तुम किसीसे कम नहीं। तुम एक जेलर के दामाद हो, और जेलर साधारण आदमी नहीं होता। मेरे नीचे दर्जनों व्यक्ति काम करते थे।"

"वह तो ठीक है, लेकिन मेरे नीचे तो केवल एक चपरासी है।"

"एक दिन तुम बड़े आदमी बन जाओगे। यूरोप में युद्ध छिड़ने वाला है। अच्छी-अच्छी नौकरियां निकलेंगी और तुम भी अफसर बन जाओगे। कुलवन्त बुरी नहीं। वह तुम्हें एक सफल अफसर बना सकती है।"

"खैर, मैं चला जाता हूं।"

"होटल में ठहरना। दो-तीन रुपये प्रतिदिन के हिसाब से कमरा मिल जाएगा।"

"दो-तीन रुपये एक दिन के! मैं तीन रुपये मासिक किराया दे रहा हूं।"

"वह अलग बात है।"

शिमला जाने का प्रोग्राम बन गया।

"यह क्या?" कुलवन्त ने कहा, "शिमला कमीज़ और निकर पहनकर जाओगे?"

"क्यों, क्या हर्ज़ है? तमाम सरकारी नौकर निकर पहनते हैं।"

"लेकिन उनकी पत्नियां लेडी डॉक्टर नहीं। उनकी पत्नियां केवल पेटीकोट पहनती हैं। घर से बाहर जाती हैं तो धोती बांधती हैं, जिसमें से पेटीकोट झांक रहा होता है।"

"मैं उनमें से एक हूं। मैं पन्द्रह रुपये मासिक में गुज़ारा करता हूं और शेष जमा करता हूं।"

"मैं पचास रुपये मासिक में गुज़ारा करती हूं। फिर किसी न किसी मरीज़ को देखने उसके घर जाती हूं। वह आय अलग है। मेरे डैडी ने ब्याह में दो सूट दिए हैं। आप सूट पहना करोगे और टाई लगाएंगे।"

"टाई!"

"हां, नेकटाई।"

"वह तो मैं बांधना नहीं जानता!"

"मैं सिखा दूंगी।"

"तुम जानती हो?"

"हां।"

"लेकिन मुझे शर्म आएगी।"

"शिमला में नहीं। वहां हर कोई टाई बांधता है।"

"मैं बन्द गले का कोट क्यों न बनवा लूं?"

"नहीं, आप सूट पहनेंगे और टाई लगाएंगे। पांव में सूज़ होंगे।" कुलवन्त ने कहा।

"तुम तो मुझे जोकर बना दोगी।"

"नहीं, अपने बराबर का पति।"

वे गांव के इक्के में सवार होकर रेलवे स्टेशन पहुंचे। बलबीर सूट और टाई में था, लेकिन उसके माथे पर पसीना आ रहा था।

बलबीर ने रेलवे-पास न बनवाया था, इसलिए जब कुलवन्त ने ज़िद की कि वे तीसरे दर्जे की जगह ड्योढ़े दर्जे में सफर करेंगे तो उसे बहुत बुरा लगा। उसकी सूझ के अनुसार कुलवन्त फिज़ूलखर्च थी।

लेकिन ड्योढ़े दर्जे में बैठने से उसे आभास हुआ कि शेष लोग सूट और टाई में थे। उसका आत्महीनता का आभास कम हो गया।

आखिर वे शिमला पहुंच गए। कुलवन्त में तो स्वाभिमान भरा हुआ था, लेकिन बलबीर में आत्महीनता थी।

उन्हें औसत दर्जे के होटल में डेढ़ रुपये दैनिक पर कमरा मिल गया।

और उनका हनीमून शुरू हो गया।

खाना होटल में मिलता था। उन्हें कोई काम न था। तमाम दिन वे मनोरंजन करते रहते या कमरा बन्द कर लेते।

"क्या आप व्हिस्की पीते हैं?"

"शराब?"

"शराब नहीं, व्हिस्की। विलायती व्हिस्की।"

"शराब पीना तो पाप है।"

"पाप और पुण्य को छोडिए। आज मैं आपको बीयर पिलाऊंगी। बीयर में नशा नहीं होता। यह तो जौ की बनती है।"

"क्या तुम पीती हो?"

"एक गिलास पी लूंगी।"

"तुम शराब पीती हो?"

"बीयर शराब नहीं होती।"

उस दिन उन्होंने एक बोतल बीयर खरीदी, जो दस आने में मिली। कमरे में बैठकर उन्होंने बीयर पी।

बीयर पीने से भूख तेज़ हो गई।

"इससे तो भूख खूब लगती है। मेरा तो भूख के मारे बुरा हाल है।" बलबीर ने कहा।

"मज़ा आया?"

"तुम बहुत सुन्दर दिखाई देती हो।"

"इसीलिए तो मैं पिलाना चाहती थी।"

"तो खाना मंगाओ।"

"अभी लो।" कहकर कुलवन्त ने बैरे को बुलाया और मुर्गा लाने के लिए कहा।

"मुर्गा तो मैं खाता नहीं हूं।"

"सब ठीक हो जाएगा।"

"लेकिन मैं खा न सकूंगा। मैं सब्ज़ी खा लूंगा।"

"अच्छा, मैं कीमा मंगा देती हूं। उसमें हड्डी नहीं होती।"

बलबीर के लिए कीमा आ गया। वह मक्खन की रोटी, साग, दही, मक्खन खाने वाला था। उसने बड़ी मुश्किल से कीमा खाया; बल्कि खाते समय उबकाई भा आ गई। बीयर के नशे ने और अधिक खाने से वह हज़म न कर सका और उसने कै कर दी।

"यह क्या हो गया?"

"घबराओ नहीं। पहली बार ऐसा हो जाता है। खाना अधिक खा गए, इमलिए हो गया। मैं डॉक्टर हूं। मैं संभाल लूंगी।"

कुलवन्त ने उसे संभाल लिया।

बीयर ने नवीन रंगीन बना डाला। कुलवन्त जो चाहती थी, पर उसे मिल गया।

शरीर का बन्द-बन्द खुल गया। कुलवन्त एक सेहतमन्द और जवान लड़की थी। और बलबीर भी कम न था।

पांच दिन वे शिमला में रहे। आसपास की भी सैर की और अधिकतर समय कमरे में बन्द रहे।

बलबीर की तो दुनिया ही बदल गई। उसने गांव और ज़िले के कॉलेज के अतिरिक्त लाहौर का जीवन देखा था, लेकिन वह जीवन-जीवन था। जीवन तो शिमला में था। हर कोई खुश था। शाम माल रोड पर लोगों की भीड़ होती, और ऐसा लगता कि पंजाब का सारा सौन्दर्य माल पर जमा हो गया है।

छठे दिन वापसी की तैयारी शुरू हो गई। उन्हें छोटी लाइन की गाड़ी में सवार होकर लौटना था।

कुलवन्त तैयार हो रही थी। उसके शरीर पर पेटीकोट था और साड़ी बांध रही थी।

"ज़रा वह सैण्डल देना।"

"कौन-सा ?"

"नीली साड़ी के साथ नीला सैण्डल होता है, गुलाबी नहीं।"

बलबीर ने सैण्डल उठाकर बढ़ा दिया।

कुलवन्त मन ही मन खुश थी। उसे ऐसा ही पति चाहिए था, जो उसके सैण्डल उठाए।

"हनीमून कैसा रहा ?"

"बहुत खूब।"

"मज़ा आया ?"

"बहुत।"

"और तुम आ न रहे थे।" कुलवन्त अब आप की जगह तुम इस्तेमाल करने लगी थी।

"मुझे पहाड़ों से प्रेम है। और ऊंचे-नीचे वृक्ष, ऊंची-नीची सड़कें, लहराते आंचल, सुन्दर दुनिया—ये सब शहर में कहां हैं ?" कुलवन्त ने कहा।

"अब तो मुझे भी पहाड़ों से प्रेम हो गया है।"

"अगले साल कश्मीर चलेंगे।"

"मैं छुट्टी का अबन्ध कर लूंगा और रुपये भी जमा कर दूंगा।"

"रुपये की तुम चिंता न करो। मैं बहुत कमा लेती हूं।"

"फिर भी मेरा भी कर्तव्य है।"

"चूल्हे झोंकने को हनीमून नहीं कहते हैं।"

"लेकिन मैंने यह जीवन देखा ही कब था?"

"अब तो देख लिया।"

"हां, अब देख लिया।"

"आओ, अन्तिम बार माल का चक्कर लगा लें। गाड़ी पौने तीन बजे रवाना होती है।"

"चलो।"

"अब तो सूट और टाई में शर्म नहीं आती?"

"नहीं।"

"लेकिन मैं सोच रही थी कि तुम लाहौर, मैं लुधियाना, बात कैसे बनेगी?"

"पण्डितजी से कहेंगे। शायद तुम्हें लाहौर में नौकरी मिल जाए।"

"कोशिश करेंगे।"

"अब तो पत्रों से ही मुलाकात हुआ करेगी।"

"डार्लिंग, मैं रोज़ पत्र लिखा करूंगी।"

"और मैं दिन में दो बार लिखा करूंगा।"

"दफ्तर में बैठकर?"

"नहीं, दफ्तर जाने से पहले। दूसरा, दफ्तर से लौटने पर।"

"क्या मैं अच्छी हूं?"

"बहुत।"

"सुन्दर हूं?"

"हां"

"कितनी?"

"इतनी कि तुमसे सुन्दर शिमला में लड़की नज़र नहीं आई।"

"खैर, ऐसी बात तो नहीं।"

"लेकिन मेरे दिल से पूछो।"

"क्या कहता है तुम्हारा दिल?"

"तुम्हारी आंख, माथा, दांत, सब सुन्दर हैं।"

"और शरीर?"

"इसका जवाब नहीं।"

"जानते हो, मुझसे बेहतर साड़ी कोई नहीं बांध सकती।"

"यह मैंने देखा है।"

"साड़ी बांधने का भी अन्दाज़ है। हमारे देश में जितनी भारतीय

स्त्रियां थीं, मैं उन सबसे बेहतर साड़ी बांधती थी।"

"कुलवन्त!"

"कहो।"

"अब जुदाई के दिन कैसे गुज़रेंगे?"

"तुम शनिवार की गाड़ी से लुधियाना आ जाया करना। शनिवार की रात तथा इतवार का दिन और रात, और सोमवार की गाड़ी से वापस। केवल तीन घण्टे का रास्ता है।" कुलवन्त ने कहा।

"बस, ठीक है। कभी तुम मेरे पास आ सकती हो।"

"तुम्हारा मकान बहुत छोटा है।"

बलबीर समझ न सका कि कुलवन्त अपनी बात मनवाना चाहती थी। वह हुक्म चलाना सीखी थी। बाप जेलर था और दर्जनों कैदी उनके घर काम करते थे। और वह बचपन से हुक्म चलाती आई थी। हुक्म चलाना उसे विरासत में मिला था।

वे छोटी लाइन की गाड़ी से सवार होकर कालका पहुंचे। वहां से लाहौर की गाड़ी पकड़ी।

रात अढ़ाई बजे वे लुधियाना पहुंचे।

"लुधियाना आ गया है।"

"लेकिन मैं तो लाहौर जा रहा हूं।"

"एक दिन के लिए रुक जाओ।"

"छुट्टी की गड़बड़ हो जाएगी।"

"पण्डितजी संभाल लेंगे।"

"चलो। अब मैं इनकार भी नहीं कर सकता।"

दोनों ने सामान उतारा। बड़ी मुश्किल से कुली मिला। फिर इतनी ही परेशानी तांगा तलाश करने में हुई, लेकिन कुलवन्त ने मुंहमांगे दाम दिए। फिर भला परेशानी कैसी?

"हमारा कितना रुपया खर्च हो गया?" बलबीर ने प्रश्न किया।

"तुम हर समय पैसे के लिए क्यों सोचते हो?"

"क्या करूं, क्लर्क हूं!"

"मैं तो नहीं हूं।"

"मैं जानता हूं; लेकिन अन्दाज़ से कितना खर्च हुआ होगा?"

"क्या दफ्तर में बताना चाहते हो?"

"शायद।"

"केवल दो सौ।"

"दो सौ!" बलबीर का मुंह आश्चर्य से खुला रह गया।

कोठी आ गई थी। नौकर ने दरवाज़ा खोला।

"वज़ीर, कैसे हो?"

"सलाम मेम साहब! ठीक हूं।"

"अच्छा, तांगे से सामान उतारो।"

कमरे में कोच था। साथवाला सोने का कमरा था।

वज़ीर ने सामान अन्दर रखा। तांगेवाले को पैसे दिए।

"वज़ीर, यह तुम्हारे साहब हैं।"

"सलाम साहब!"

"सलाम।"

"वज़ीर बहुत होशियार खानसामा है।"

"क्या मुसलमान है?"

"नहीं; वज़ीरचन्द नाम है। अंग्रेज़ के यहां भी काम करता रहा है।"

"मेम साहब! शादी ठीक हो गई?"

"हां वज़ीर! मैं तुम्हें ले जा न सकी। तुम जाते तो कोठी की रखवाली कौन करता?"

'मेम साहब! खाना तैयार करूं?"

"तुम्हें भूख है?" कुलवन्त ने पूछा।

"नहीं। कालका में खाना खा लिया था।"

"नहीं वज़ीर, बिस्तर लगा दो। अब हम आराम करेंगे।"

वज़ीर बेडरूम में चला गया।

"वहां तो एक पलंग है?"

"फिर क्या हुआ! हम पति-पत्नी हैं।"

"वज़ीर क्या सोचेगा?"

"वज़ीर सब समझता है। बाहर मच्छर हैं। मैं अन्दर ही पंखा चलाकर सोती हूं।"

"हूं।"

"आओ। अब सो जाएं। सुबह मुझे अस्पताल जाना है।"

"मैं क्या करूंगा?"

"तुम नींद पूरी करना।"

"मेम साहब, बिस्तर ठीक कर दिया है। पानी रख दिया है। दूध तो इस समय मिलेगा नहीं। आपने खत लिख दिया होता तो मैं सब कुछ तैयार रखता।"

"घबराओ नहीं। साढ़े तीन बज रहे हैं। दिन निकलने में देर ही क्या है !"

"और हुक्म ?"

"अब तुम आराम करो।"

वज़ीर अपने कमरे में चला गया।

"तुमने कोई नौकरानी क्यों नहीं रखी ?"

"नौकरानी बातें बहुत करती है। घर की तमाम बातें बाहर जाकर दूसरे डॉक्टरों और नर्सों को बता देती है।"

"मुझे तो नींद आ रही है।"

"बस, थोड़ी देर में सो जाना।"

"लेकिन तुम्हें सुबह अस्पताल में ड्यूटी देना है।"

"डॉक्टर का जीवन भी अजीब है। कोई एमरजेंसी केस आधी रात को आ जाए, तो जागना पड़ता है। मुझे रातों को जागने की आदत है।"

"फिर ठीक है।"

वे एक ही पलंग पर लेट गए। पन्द्रह मिनट बाद बलबीर खर्राटे ले रहा था। कुलवन्त मुस्कराई, फिर वह भी सो गई।

5

अगले दिन कुलवन्त ने उसे जगाया नहीं।

"वज़ीर, साहब जब जागें, इन्हें नाश्ता दे देना। मैं एक बजे लौटूंगी।"

"जी मेम साहब !"

कुलवन्त अस्पताल पहुंची। सारा स्टाफ उसे बधाई देने लगा। और जब उन्हें पता चला कि वे हनीमून के लिए शिमला गए थे और वहां से आ रहे हैं तो हर किसीने कुरेद-कुरेदकर बात जाननी चाही।

"अपने पति से तो मिलवाओ।"

"जरूर। आज शाम की चाय मेरे यहां पिओ। पति से भी

मिलवा दूंगी।"

"काम क्या करता है?"

"रेलवे में इंस्पेक्टर है।"

"पुलिस इंस्पेक्टर?"

"नहीं; वे० इंस्पेक्टर।"

"खूब!"

कुलवन्त एक बजे तक काम करती रही। फिर कोठी में चली गई।

"साहब जाग गए?"

"जी हां, मेम साहब! गुसलखाने में हैं।"

"तुम खाना लगाओ।"

"जी मेम साहब!"

बलबीर गुसलखाने में से आया।

"छुट्टी हो गई?"

"हां। नींद खूब आई?"

"पन्द्रह मिनट हुए, जागा हूं।"

"खाना भी तैयार है। मैं सोच रही हूं, तुम्हारे लिए स्लीपिंग सूट सिलवा दूं।"

"क्या ज़रूरत है?"

"तुम नहीं जानते, यह कुर्ता-पाजामा ठीक नहीं। खाने के बाद बाज़ार चलते हैं। कपड़ा खरीदकर दर्ज़ी को देने हैं। एक सप्ताह बाद आएंगे तो तैयार हो जाएंगे।"

"जैसी तुम्हारी मर्ज़ी। तुम मुझे साहब बनाकर छोड़ोगी।"

"और सुनो, शाम की चाय पर मेरी सहेलियां आ रही हैं। पतलून और कमीज़ पहनके साथ टाई बांध लेना। और मैंने उन्हें कहा है कि तुम रेलवे में वे० इंस्पेक्टर हो।"

"कुलवन्त, यह झूठ कब तक निभ सकता है?"

"जब तक निभता है, निभाओ। इस दुनिया में झूठ बहुत ज़रूरी है। अब मैं यह तो नहीं कह सकती कि तुम केवल एक क्लर्क हो।"

"क्लर्क होना गाली नहीं।"

"मेरी पोज़ीशन का खयाल करो।"

"जैसी तुम्हारी इच्छा।"

खाने के बाद वज़ीर को शाम की चाय का अबन्ध करने के लिए कहकर वे बाज़ार चले गए और स्लीपिंग सूट सिलने दे आए।

शाम को अच्छा-खासा हंगामा हो गया। तीन लेडी डॉक्टर थीं—साहनी, मल्होत्रा और कपूर।

कुलवन्त ने उन्हें बलबीर से मिलवाया।

"कुलवन्त, तुम बहुत भाग्यशाली हो। जोड़ी खूब है।" कपूर ने कहा।

"ऐसा ही है। अपनी-अपनी किस्मत है।" कुलवन्त ने खुश होकर कहा।

"लेकिन इतनी गर्मी में टाई की क्या ज़रूरत थी?" साहनी बोली।

"क्यों, क्या हर्ज़ है?" कुलवन्त ने कहा।

बलबीर इतनी औरतों में स्वयं को अकेला अनुभव कर रहा था, और औरतें थीं कि उनकी बातें खत्म ही न होती थीं। खैर से तीनों कुंआरी थीं। डॉक्टरों के लतीफे भी अलग होते हैं। वे घर में भी अस्पताल की बातें करती रहीं और बलबीर बोर होता रहा।

"आजकल आप लाहौर में हैं?" मल्होत्रा ने प्रश्न किया।

"जी हां।"

"यह तो मजे की बात नहीं।"

"मैं भी लाहौर में नौकरी की कोशिश कर रही हूं।" कुलवन्त ने कहा।

"और हमें छोड़ जाओगी?"

"छोड़ना ही पड़ेगा।"

"भाई, तुम्हारे डैडी जेलर हैं। उनकी पहुंच बहुत है।"

"वह तो है।"

"शिमला कैसा रहा?"

"बहुत आनन्द आया।"

"कहां ठहरे थे?"

"होटल में। माल रोड पर।"

"डलहौज़ी कैसा है?"

"बुरा नहीं; लेकिन शिमला शिमला है।"

इस किस्म की बातें होती रहीं। और उन्होंने चाय के साथ

इतना खाया कि रात को खाने की ज़रूरत नहीं थी। उपहार कोई भी न लाई थी। केवल खाने आई थीं।

"अच्छा, अब चला जाए।" साहनी ने कहा।

"ऐसी क्या जल्दी है?"

"मेरे डैडी प्रतीक्षा कर रहे होंगे।"

"मैं भी चल रही हूं।"

अब मल्होत्रा को भी उठना पड़ा।

"शादी मुबारक हो!" साहनी बोली।

"धन्यवाद।"

शेष दो ने भी बधाई दी और बाई-बाई करके चली गईं।

"कैसी रही पार्टी?" कुलवन्त ने पूछा।

"हर कोई बोल रही थी और सुन कोई न रही थी। एक बात शुरू करती तो दूसरी काट देती।"

"तुम बोर हुए?"

"किसी हद तक।"

"चलो, अब शाम अपनी है। सिविल लाइंज़ का चक्कर लगाते हैं।"

"जो आज्ञा।"

वे सिविल लाइंज़ घूमने चले गए। लौटे तो बलबीर ने कहा, "क्यों न मैं रात अढ़ाई बजे की गाड़ी पकड़ लूं?"

"नींद खराब होगी।"

"दुपहर तक तो सोया हूं। आज रात नींद नहीं आएगी।"

"फिर मेरे पास रहो। सुबह की गाड़ी से चले जाना। दस बजे पहुंच जाओगे।"

"दफ्तर से आधे दिन की छुट्टी और मिल जाएगी?"

"अब यही ज़िन्दगी है। पण्डितजी संभाल लेंगे।"

"जैसी तुम्हारी मर्ज़ी।"

खाने के बाद वे देर तक बातें करते रहे। बातें थीं कि खत्म होने में ही न आ रही थीं।

डेढ़ बजे वे सो सके। सुबह के लिए वज़ीर को कह दिया था। उसने छः बजे जगा दिया।

"मैं तुम्हें स्टेशन पर छोड़ने जाऊंगी।"

"क्यों तकलीफ करती हो?"

"यह तकलीफ नहीं, प्यार है। मैं तुम्हारे बिना उदास हो जाऊंगी। पत्र अवश्य लिखना।"

"कहा तो है कि दिन में दो बार लिखा करूंगा।"

गाड़ी चलने लगी तो कुलवन्त की आंखें भीग गईं।

"तुम रो रही हो!"

"ये वियोग के आंसू हैं।"

"चिंता न करो, आज मंगल है, शनिवार की शाम मैं आ जाऊंगा। और मेरे पत्र हर रोज़ मिलेंगे।"

"पत्र आज ही लिख देना।"

गाड़ी चल पड़ी। बलबीर चलती गाड़ी में सवार हुआ।

हनीमून समाप्त हो गया।

दिन तो काम में व्यतीत हो जाता, रात पहाड़ बन जाती किसी करवट नींद न आती।

इधर बलबीर दफ्तर में पहुंचा तो पण्डितजी से मिला।

"बहुत दिन लगा दिए!"

"कुलवन्त ने रोक लिया।"

"खैर, अर्ज़ी लिख दो। मैं छुट्टी मंज़ूर कर देता हूं।"

"चाचाजी!"

"कहो?"

"क्या कुलवन्त को यहां के रेलवे अस्पताल में नौकरी मिल सकती है?"

"पता करना पड़ेगा।"

"अवश्य पता कीजिए।"

"अब क्या प्रोग्राम बनाया है?"

"शनिवार को आधे दिन की छुट्टी होती है। मैं लुधियाना चल दिया करूंगा और सोमवार आ जाया करूं।"

"बात तो ठीक नहीं। दफ्तर के अनुशासन पर असर पड़ता है। खैर, कोई बात नहीं, जब तक मैं हूं, ऐसा हो सकता है।"

जीवन इसी प्रकार गुज़रने लगा। बलबीर शनिवार चला जाता और सोमवार लौट आता तथा सप्ताह-भर पत्रोत्तर जारी रहता।

तीन मास बाद कुलवन्त ने कहा, "सुनो।"

"सुनाओ; लेकिन अच्छी खबर···"

"अच्छी खबर ही है। मैं मां बनने वाली हूं।"

"सच!"

"हां।"

"कब तक?"

कुलवन्त ने महीने गिने।

"ज़रूरी बात है, लड़का होगा।" बलबीर ने कहा।

"यह कौन कह सकता है! जन्म और मरण भगवान के हाथ में है।"

"लेकिन मेरा विश्वास है।"

"यदि लड़की होगी, तो क्या तुम उसे प्यार नहीं करोगे?"

"करूंगा; लेकिन लड़का होगा।"

"ऐसे विश्वास से न कहो।"

"मैंने तो नाम भी सोच लिया है।"

"क्या?"

"कुलबीर। कुलवन्त से कुल और बलबीर से बीर।"

"खैर, पहला बच्चा लड़का हो या लड़की, दोनों ही प्यारे होते हैं। कुलबीर लड़की का नाम भी हो सकता है।"

"तुम्हें लड़की पसन्द है?"

"मैं कुछ नहीं कह सकती। केवल एक काम करना।"

"कहो?"

"जब मैं उलटी करूं, तो मेरे पीछे बाथरूम में न जाना।"

"क्यों? मैं तुम्हारी मदद करूंगा।"

"इस बात में मर्द कोई मदद नहीं कर सकता। मैं जब समुद्र में सफर करती थी तो उलटियां आती थीं। केवल पहाड़ पर नहीं आई। जब शिमला गए तो मैं डर रही थी।"

"अब भी नहीं आएंगी।"

"शुरू हो चुकी हैं। सारे अस्पताल के स्टाफ को पता चल गया है।"

"ओह!"

"क्या सोच रहे हो?"

"क्या मैं अब हर हफ्ते आया करूं?"

"अभी तो आ सकते हो, बाद में बन्द कर देना। दो मास बाद दिखाई देने लगेगा। खैर, यह हमारा पहला बच्चा होगा, और बहुत लाड़ला होगा।"

"जन्म के समय तो मैं अस्पताल में रहूंगा। दस दिन की छुट्टी ले लूंगा।"

"इसकी ज़रूरत नहीं। मैं डॉक्टर हूं। सारे डॉक्टर और नर्सें मेरे पास होंगे।"

"फिर भी मैं आऊंगा।"

"अच्छा, समय आने दो।"

दिन व्यतीत होते देर नहीं लगती। आखिरी दो मास में बलबीर पन्द्रह दिन बाद आने लगा।

कुलवन्त ने लड़की को जन्म दिया तो बलबीर अस्पताल में था।

"लड़की हुई है।" नर्स ने बताया।

"कोई बात नहीं। कुलवन्त कैसी है?"

"मां और बच्चा दोनों ठीक हैं। लड़की आठ पौंड वज़न की है। आपकी आंखें हैं। शेष नक्श मां के हैं।"

"यह लो दो रुपये।"

"रहने दीजिए।"

"नहीं, रख लो। मेरी ओर से इनाम है।"

"अच्छा।"

"मैं कुलवन्त को मिल सकता हूं?"

"आधा घण्टे बाद।"

"बेहतर।" बलबीर ने आधा घण्टा गुज़ारा। आखिर उसे भीतर जाने की अनुमति मिल गई।

"मुबारक हो!" बलबीर ने कहा।

"मैंने कहा था कि जन्म भगवान के हाथ है।"

"लेकिन मैं खुश हूं। बच्ची कहां है?"

"नर्स अभी लाती है।"

"इसका नाम कुलबीर ही रखेंगे।"

"मुझे पसन्द है।"

"कहते हैं, पहला बच्चा लड़की हो तो भाग्यशाली होती है।"

"देखते हैं। वैसे पण्डित चाचाजी ने कहा था कि वह मुझे पार्सल क्लर्क बनाकर यहां भेज रहे हैं।"

"सच।"

"हां।"

"तो लड़की भाग्यशाली है। अब दूरी समाप्त हो जाएगी।"

"कुलबीर हमें मिलवा रही है।"

"हां।"

"नर्स कह रही थी, आंखें मेरी हैं और नक्श तुम्हारे हैं।"

"तुम्हारी आंखें बुरी नहीं। बड़ी-बड़ी हैं।"

"और तुम्हारे नक्श भी सुन्दर हैं।"

नर्स बच्ची को ले आई और बलबीर को दे दिया।

"यह तो बहुत छोटी है!"

"केवल एक घण्टे की तो है।" कुलवन्त मुस्करा दी।

"आंखें भी बन्द हैं।"

"अभी दुनिया में आई है।"

"मैं इसके लिए खिलौने लाऊंगा।"

"अभी नहीं। सात-आठ मास की होगी तो खिलौनों की ज़रूरत पड़ेगी।"

"इतनी देर बाद!"

"हां। जब तक बठना नहीं सीखती, खिलौनों से क्या खेलेगी!"

"लेकिन मैं अभी खरीदूंगा।"

"तुम खुश हो?"

"बहुत।"

"लेकिन तुम तो लड़का चाहते थे?"

"अब नहीं। अब यह हमारी है। मेरी कुलबीर।"

"उछालो नहीं।"

"चूम तो सकता हूं?"

"हां।"

"तो घर कब आओगी?"

"पांच दिन बाद।"

"कितनी छुट्टी मिली है?"

"एक मास की।"

"जब ड्यूटी पर आओगी तो इसे कौन संभालेगा?"

"वज़ीर संभालेगा। फिर मैं अपने साथ भी ला सकती हूं। यहां आया देखभाल करेगी। आखिर मैं इनकी अफसर हूं।"

"फिर ठीक है। डैडी को पत्र लिख दूं?"

"सूचना तो करनी पड़ेगी।"

"मेरे माता-पिता भी आएंगे—घी लेकर और बादाम लेकर।"

"उन्हें भी लिख दो। आखिर वे दादा-दादी बन गए हैं।"

"और तुम्हारे डैडी नाना।"

"वह बहुत खुश होंगे।"

"इसे क्या बनाओगी?"

"अपनी तरह डॉक्टर।"

"ठीक है।"

फिर इसी प्रकार की बातें होती रहीं और यहां तक बढ़ गईं, जैसे कुलबीर कॉलेज में पहुंच गई हो।

6

बलबीर की बदली हो गई। वह लुधियाना ही पार्सल क्लर्क बनकर आ गया। कुलवन्त और बलबीर बहुत खुश थे। बलबीर उसके इशारों पर नाचता था; लेकिन यह खुशी अधिक देर तक कायम न रही। दुनिया बहुत क्रूर है। वह हर जगह दरार तलाश करती है। लेडी डॉक्टर साहनी ने दरार तलाश कर ली।

"मिस मल्होत्रा, सुना तुमने?" साहनी ने कहा।

"क्या?"

"कुलवन्त का पति वे॰ इंस्पेक्टर नहीं।"

"फिर क्या है?"

"पार्सल क्लर्क है।"

"पार्सल क्लर्क!" मल्होत्रा ने आश्चर्य से कहा।

"और वह भी तीस रुपये मासिक का।"

"केवल तीस रुपये मासिक! और कुलवन्त नब्बे रुपये मासिक कमाती है!"

"कुलवन्त ने झूठ बोला। मेरा एक रिश्तेदार असिस्टेण्ट स्टेशन मास्टर है। मैंने उससे पूछा कि लाहौर से जो बलबीर बदलकर आया है, क्या काम करता है। तब उसने बताया कि वह पार्सल क्लर्क है और तीस रुपये मासिक कमा रहा है।"

"कमाल झूठ बोला कुलवन्त ने!"

"मैं सोच रही हूं, उनका निर्वाह कैसे होगा?"

"तीस रुपये मासिक तो कुछ भी नहीं।"

इतने में मिस कपूर आ गई।

"क्या रहस्यभरी बातें हो रही हैं?"

"कुलवन्त के बारे में।"

"क्या हुआ कुलवन्त को?"

"उसका पति रेलवे में तीस रुपये मासिक पर पार्सल क्लर्क है।"

"तब क्या हुआ।"

"उसने झूठ बोला था कि वह वे॰ इंस्पेक्टर है।"

"उससे क्या अन्तर पड़ता है! पति-पत्नी राज़ी तो क्या···"

"लेकिन यह जोड़ तो नहीं। तीस रुपये मासिक।" साहनी बोली।

"हमें इससे क्या! वे खुश हैं, क्या यह काफी नहीं?" कपूर बोली।

"गैं तो ऐसी शादी कभी न करूं।"

"इसीलिए तीस वर्ष की हो गई हो, ब्याह नहीं हो सका; क्योंकि अच्छा वर नहीं मिलता है। और अच्छा वर मिलने में न मालूम कितने वर्ष और बीत जाएं! हमें किसीपर टिप्पणी नहीं करनी चाहिए। कुलवन्त एक डॉक्टर है और हमारे साथ काम करती है। हर समय हंसती रहती है। किसीसे झगड़ती नहीं। कुलवन्त खुश है तो हमें भी खुश होना चाहिए।" कपूर ने कहा।

"बात तो ठीक है।" मल्होत्रा बोली।

"तो तुम भी कपूर का पक्षपात कर रही हो!" साहनी ने बल खाकर कहा।

"इसमें पक्षपात का क्या सवाल है? यह कुलवन्त का व्यक्तिगत मामला है कि वह पार्सल क्लर्क या लाइनमैन रो ब्याह करे।" मल्होत्रा ने बल खाकर कहा।

लेकिन उसने झूठ क्यों बोला?" साहनी हठ पर स्थिर थी। उसे खामखाह कुलवन्त से चिढ़ हो गई थी।

"फिर वही बात! कहा तो है कि यह उसका व्यक्तिगत मामला है। हमें दखल देने की ज़रूरत नहीं।" कपूर ने धीरे से कहा।

"मैं तो ऐसी शादी कभी न करती।"

"यह तुम कह चुकी हो। कुलवन्त की शादी से तुम्हें क्यों चिढ़ है?" मल्होत्रा ने मुस्कराकर कहा।

"इसलिए कि इसकी शादी नहीं होती।" कपूर ने हंसकर कहा।

"मैं ऐसी बेजोड़ शादी पर लानत भेजती हूं। मैं तमाम उम्र कुंआरी रहना पसन्द करूंगी।"

"इसलिए कि तुम्हारे मर्द दोस्त हैं, जो कैलेण्डर की भांति बदलते रहते हैं।" कपूर ने कहा।

"मिस कपूर, अब तुम व्यक्तिगत लांछनों पर उतर आई हो।"

"क्या यह सच नहीं?" कपूर बोली।

"यह मेरा व्यक्तिगत जीवन है।"

"और कुलवन्त का व्यक्तिगत जीवन तुमसे बेहतर है। कम से कम वह एक की तो है।" मल्होत्रा ने कहा।

मिस साहनी घिर गई थी। उसका विचार था कि मिस कपुर और मिस मल्होत्रा भी उसके साथ होंगी, लेकिन यहां तो मामला अलग था। वह चिढ़ गई।

"मैं वार्ड में जा रही हूं।" मिस साहनी ने कहा और उठकर चली गई।

"मिस साहनी भी खूब है!" कपूर ने कहा।

"तुमने वह कहानी नहीं सुनी?" मल्होत्रा ने कहा।

"कौन-सी?"

"एक व्यक्ति ने बहुत सुन्दर मकान बनवाया। जिसने देखा, उसने प्रशंसा की; लेकिन वहां एक चींटी आ गई और मकान में दरार तलाश करने लगी। यह चींटी ही होती है, जो दरार तलाश करती है। हाथी दरार तलाश नहीं करता।"

"खूब कहा है। यही दशा मिस साहनी की है। वह दरार तलाश कर रही है।"

"कुछ लोगों को बन्द दरवाज़ों की दरारों में से झांकने की आदत होती है···"

"हैलो!" कुलवन्त ने आकर कहा।

"हैलो!"

"क्या कॉन्फ्रेंस हो रही है?"

"खास नहीं।" मल्होत्रा ने कहा।

"यानी मेरे मतलब की नहीं?"

"तुम्हारी ही बातें हो रही थीं।" कपूर बोल पड़ी।

"रहने दो मिस कपूर!" मल्होत्रा ने टोका।

"बात को उछालते नहीं, बल्कि अनसुनी कर देते हैं।"

"मेरी बातें! कैसी बातें?" कुलवन्त ने कहा, "छुपाओ नहीं।"

"ऐसे ही। मिस साहनी एक खबर लाई थी:"

"क्या हमारी तरक्की हो रही है?"

"नहीं; वह कह रही थी कि तुम्हारा पति तीस रुपये मासिक का पार्सल क्लर्क है।" कपूर बोली।

"मैं जा रही हूं।" मिस मल्होत्रा ने कहा और चली गई।

"हां, अब सुनाओ। और क्या कहा?"

"यही कि तुमने झूठ बोला। और यह बेजोड़ शादी है। कहां एक लेडी डॉक्टर और कहां एक पार्सल क्लर्क!"

"लेकिन मुझे कोई आपत्ति नहीं।"

"यही तो मैं और मल्होत्रा कह रही थीं कि यह उसका व्यक्तिगत मामला है। पति-पत्नी खुश हैं।"

"साहनी को क्या कष्ट है, वह पार्सल क्लर्क है या वे० इंस्पेक्टर या डिवीज़नल सुपरिण्टेण्डेण्ट?"

"यही तो हम कह रही थीं। लेकिन तुम मिस साहनी को जानती हो। वह अब अस्पताल की हर नर्स, आया और भंगन तक को बताएगी।"

"उसे क्या मिलेगा?"

"कुछ नहीं। कुछ लोगों को बुराइयां तलाश करके बहुत खुशी होती है, और उन्हें रंग देकर बताती हैं। पार्सल क्लर्क है, कोई चोर तो नहीं! अभी तो नौकर हुए एक वर्ष हुआ है, समय आने पर तरक्की कर जाएगा; लेकिन अब सारा स्टाफ तुमसे पूछा करेगा कि क्या यह सच है?" कपूर ने कहा।

"साहनी को अपनी बुराइयां नज़र नहीं आतीं। यदि मैंने उसकी बातें शुरू कर दी, तो?"

"नहीं कुलवन्त, यह न करना। मिस मल्होत्रा ने एक बहुत अच्छी बात कही है।"

"क्या?"

"उसने कहा कि एक व्यक्ति ने बहुत सुन्दर मकान बनवाया। हर किसीने प्रशंसा की। इतने में वहां एक चींटी आ गई, और वह दरार तलाश करने लगी। कुछ लोगों को आदत होती है कि वह दरार तलाश करते फिरते हैं। मिस साहनी उनमें से एक है। उसका जीवन एक खुली किताब है और उसपर पर्दा डालने के लिए दूसरों में बुराइयां तलाश करती फिरती है। यदि तुमने उसकी बातें कीं, जो हर कोई जानता है, उसे तो कोई अन्तर न पड़ेगा, लेकिन तुम्हारा जीना हराम कर देगी। झूठ किस्से तुम्हारे पति को सुना-एगी।"

"ओह!" कुलवन्त ने दीर्घ निःश्वास लिया।

"तुम्हारी भलाई इसीमें है कि तुम चुप रहो। कुछ दिन बोल-कर थक जाएगी। तुम उत्तर न देना।"

"बेहतर।"

"अच्छा, मैं चलती हूं; लेकिन मेरी बातों का ध्यान रखना। मिस साहनी जैसे लोगों के मुंह नहीं लगते। कीचड़ में पांव खराब होते हैं।"

"मैं ध्यान रखूंगी।"

"वह कुछ कहे भी तो मुस्करा देना।"

"मैं ऐसा ही करूंगी।"

लेकिन तीसरे दिन तक सारे स्टाफ को पता चल गया था कि कुलवन्त का पति पार्सल क्लर्क है।

चौथे दिन साहनी की मुठभेड़ कुलवन्त से हो गई।

"कुलवन्त!"

"कहो?"

"भाई, मेरा एक फलों का पार्सल आया है।"

"अच्छी बात है। मैं भी खाऊंगी। किसने भेजा है?"

"मेरी बहन ने। वह सहारनपुर में है। उसने आम भेजे हैं।"

"बड़ी खुशी की बात है।"

"मैं तो स्टेशन पर जा नहीं सकती। सोचा, "तुम्हें "ही कष्ट दूं?"

"कैसा कष्ट?"

"अपने पति से कह देना, वह लेता आएगा।"

"क्या वह तुम्हारा चपरासी है?" कुलवन्त को क्रोध आ गया।

"तुम तो गुस्सा कर रही हो।"

"तुम्हारे दर्जनों मर्द दोस्त हैं, जो तुम्हें उपहार भेजते रहते हैं। अब से पहले कौन लाता था?"

"तुमको दुःख है कि तुम्हारे दर्जनों दोस्त नहीं हैं। हां, ठीक है, सहगल तो केवल सिनेमा दिखाया करता था।" यह छुपी हुई धमकी थी।

"मिस साहनी, ज़ुबान सम्हालकर बात करो।"

"मेरी ज़ुबान तो ठीक है। तुमने मेरे दर्जनों दोस्त गिनवाए हैं, फिर स्वयं क्यों परेशान होती हो? पार्सल क्लर्क तीस रुपये में सिनेमा नहीं दिखा सकता और न ही रेस्टोरेण्ट में मुर्गा खिला सकता है।"

"मिस साहनी, तुम आयु में मुझसे बड़ी हो। मैं तुम्हारी इज़्ज़त करती हूं। कोशिश करो कि यह इज़्ज़त कायम रहे।"

"तुम मेरी इज़्ज़त की चिंता न करो। मेरे हाथ बड़े लम्बे हैं।"

"मैं जानती हूं, तुम डिप्टी कमिश्नर के बेटे के साथ भी घूमती हो और सब कुछ करती हो।"

"डिप्टी कमिश्नर का बेटा यह सुनकर तुम्हें परेशान कर सकता है। वह मुझे कुछ नहीं कहेगा। हां, मिस्टर बलबीर सहगल के बारे में सुनकर खुश न होंगे।"

"तुम मेरा घर उजाड़ना चाहती हो?"

"तो मेरा पार्सल आ जाएगा?"

"नहीं।"

"हां-आं, वे॰ इंस्पेक्टर पार्सल कैसे ला सकता है!"

"बको मत!"

"तुम बक रही हो। मैं तो तुम्हें समझा रही थी।"

"मुझे तुम्हारी सलाह की ज़रूरत नहीं। मैं अपना अच्छा-बुरा बेहतर समझती हूं।" कहकर कुलवन्त गुस्से में चली गई।

कुछ दिन बाद एक नर्स ने कहा, "डॉक्टर साहिबा!"

"कहो?" कुलवन्त ने पूछा।

"मेरा एक पार्सल आया है।"

"फिर मैं क्या करूं?"

"आप मंगा दीजिए। मैं गई तो बहुत देर लग जाएगी। आप

मंगा दें तो मेहरबानी होगी।"

"मैंने एजेन्सी नहीं खोल रखी है।"

"मैंने तो यूं ही कहा था। आप नाराज़ हो गईं। नाराज़ होने की क्या बात है! यदि आप मदद करना नहीं चाहतीं तो न सही, मैं स्वयं चली जाऊंगी।"

"तो जाओ, मुझे क्यों कह रही हो?"

नर्स चली गई।

लेकिन कुलवन्त समझ गई कि अब आया तक यह बात करेंगी। साहनी ने जाल फैला दिया था, और अब वह इस जाल से निकल न सकती थी। उसकी आंखों में आंसू आ गए।

ये आंसू नकली न थे। उसके दिल की गहराइयों से निकले थे। उसे पहली बार आभास हुआ कि उसकी शादीबेजोड़ थी। इससे तो बेहतर था कि वह ब्याह ही न करती। कुंआरी ही रहती और उस दिन की प्रतीक्षा करती, जब उसे उपयुक्त वर मिल जाता।

उसने आंसू साफ किए। अब वह इस अस्पताल में काम न कर सकती थी। हर किसीकी दृष्टि में वह गिर गई थी, जैसे उसने कोई गुनाह किया था! आखिर उसके जेलर बाप ने उसे डाक्टर क्यों बनाया? यदि बनाया तो किसी अच्छी जगह ब्याह क्यों न कर दिया?

यह जाति-बिरादरी इस देश में लानत थी, लेकिन कोई विद्रोह करने को तैयार न था। न मालूम इन्कलाब कब आए, और ये शताब्दियों पुरानी रीतियां टूट जाएं! वह रीति-रिवाज की ज़ंजीरों में जकड़ी हुई थी।

एक नर्स ने आकर कहा, "डॉक्टर साहिबा! एक मरीज़ा आई है। वह दर्द से तड़प रही है।"

"किसी और डॉक्टर को कह दो।"

"कोई भी डॉक्टर अस्पताल में नहीं है।"

"तो मैं क्या करूं? मेरी भी तबीयत ठीक नहीं।"

"आप डॉक्टर होकर ऐसा कह रही हैं! डॉक्टर अपने गम और दुःख अपने तक रखता है।"

"लेकिन मैंने कहा ना कि मेरी तबीयत ठीक नहीं।"

"डॉक्टर साहिबा, मरीज़ा की ज़िन्दगी और मौत का सवाल है। मैं देख रही हूं, आपका चेहरा उतरा हुआ है। आंखें भीगी

हुई हैं; लेकिन आप एक डॉक्टर हैं और मरीज़ा को देखना आपका कर्तव्य है।"

नर्स ठीक कह रही थी। भला संसार को उसके व्यक्तिगत गम से क्या गर्ज़ थी! उसका कर्तव्य तो रोगियों का इलाज करना था। कुछ देर वह सोचती रही और नर्स चुप खड़ी रही। आखिर कुलवन्त खड़ी हो गई।

"चलो।"

प्रसूति का केस था। उसे तीन घण्टे लग गए। बच्चा पैदा हो गया तो स्त्री के रिश्तेदार उसे दुआएं देने लगे, लेकिन वह चुप अपनी कोठी की ओर चली गई।

आखिर वह क्या करे? उसने मन ही मन प्रश्न किया। और इस प्रश्न का उसके पास जवाब न था।

संध्या हुई। वज़ीर ने चाय तैयार की। वह चाय पी रही थी कि बलबीर भी दफ्तर से आ गया।

'वज़ीर, मेरे लिए भी चाय लाओ।" बलबीर ने कहा।

कुलवन्त को पहली बार आभास हुआ कि वज़ीर उसका नौकर था। वह तनखाह देती थी और बलबीर उसपर हुक्म चलाता था। उसे यह हुक्म चलाना अच्छा न लगा, जैसे बलबीर ने वज़ीर को आज्ञा न दी थी, बल्कि उसे गाली दी थी।

वज़ीर चाय ले आया।

"क्या बात है? आज तुम चुप-चुप हो!" बलबीर ने कहा।

"यूं ही तबीयत ठीक नहीं।"

"कुलबीर कहां है?"

"वज़ीर के साथ खेल रही है।"

"कुलवन्त!"

"हूं?"

"मैं तीन-चार दिन से अनुभव कर रहा हूं कि तुम खोई रहती हो।"

"अभी तो इसी घर में हूं।"

"वह तो है, लेकिन मैं तो अनुभव कर रहा हूं।"

"मैं ठीक हूं।"

"मैं तुम्हारी कुछ सहायता कर सकता हूं?"

"नहीं।"

"इस तरह बात कैसे बनेगी! आखिर हम पंति-पत्नी हैं। क्या अस्पताल में कोई बात हुई है?"

कुलवन्त चुप रही।

"उत्तर दो!"

"कोई उत्तर नहीं।"

"फिर तुम बदल क्यों गई हो?"

"मैं बदली नहीं।"

"मैं बच्चा नहीं हूं। सब कुछ देख रहा हूं।"

"तुम चाय पिओ।"

"वह तो मैं पी रहा हूं; लेकिन यह मेरे सवाल का जवाब नहीं।"

"मेरे पास कोई जवाब नहीं।" कहकर वह उठकर बेडरूम में चली गई और बलबीर अकेला रह गया

बलबीर समझ न सका कि ऐसी कौन-सी बात हो गई है। वह भी उठकर बेडरूम में चला गया।

"कुलवन्त!"

कुलवन्त औंधे मुंह लेटी हुई थी।

"कुलवन्त, बात तो करो।"

"क्या बात करूं?" कहकर वह सीधी हो गई। उसकी आंखों में आंसू थे।

"ये आंसू! क्यों? क्या मुझसे कोई गलतीं हो गई है?"

"नहीं।"

"फिर वजह बता दो। किसीने कुछ कहा है?"

कुलवन्त फूट-फूटकर रोने लगी। बलबीर हैरान था। "कुल-वन्त, बात तो बताओ! ये आंस क्यों?"

"तुम नहीं समझ सकते।"

"तो समझा दो।"

"लोग मेरा मज़ाक उड़ा रहे हैं।"

"लोग! कौन लोग?"

"अस्पताल का सारा स्टाफ—डॉक्टर, नर्सें और आया तक।"

"क्यों?"

"उन्हें पता चल गया है कि तुम तीस रुपया मासिक के पार्सल

क्लर्क हो।"

"यह नई बात नहीं।"

"मैंने उन्हें कहा था कि तुम वे० इन्स्पेक्टर हो।"

"ओह! झूठ पर पर्दा उठने से तुम्हें कष्ट पहुंचा।"

"कष्ट! मैं मर जाना चाहती हूं।"

"क्यों?"

"मैं यह अपमान सहन नहीं कर सकती।"

"आखिर पार्सल क्लर्क चोर तो नहीं होता, जेबकतरा तो नहीं होता!"

"वे इससे भी बुरा समझती हैं। हर कोई मेरे पास आती है और कहती है—'मेरा पार्सल आया है, मंगा दो।' वे मुझे चिढ़ा रही हैं।"

"दुनिया का क्या है! वह किसीको खुश नहीं देख सकती। यह बात किसने शुरू की?"

"मिस साहनी ने।"

"उसकी क्या उम्र है?"

"तीस वर्ष।"

"विवाहिता है?"

"नहीं।"

"फिर वह क्यों जलती है?"

"कुछ जलने के लिए पैदा हुए हैं।"

"अजीब बात है! आखिर उसकी हमारे साथ क्या दुश्मनी है? क्या तुमने उसे बुरा-भला कहा है?"

"नहीं।"

"फिर वह क्यों हाथ धोकर तुम्हारे पीछे पड़ी है?"

"यह मैं नहीं जानती।"

"मैं उसको मिलता हूं।"

"नहीं।"

क्यों?"

"उसके हाथ बहुत लम्बे हैं। दो दर्जन आदमियों से प्रेम करती है, और आजकल डिप्टी कमिश्नर का बेटा फांस रखा है। तुम यदि उसे मिले तो वह तुम्हें नुकसान पहुंचा सकती है।"

"मैं भी सरकारी नौकर हूं।"

"लेकिन डिप्टी कमिश्नर के बेटे नहीं हो।"

"क्या सब डॉक्टर चिढ़ा रही हैं?"

"नहीं। मिस कपूर कुछ नहीं कहती। और मिस मल्होत्रा मिस साहनी को बुरा कहती है। वह कहती है, मैं परवाह न करूं, लेकिन कैसे परवाह न करूं! पहले साहनी ने कहा कि मेरा पार्सल छुड़ा दो। आज एक नर्स को भेज दिया। कल कोई आया आ जाएगी। हर कोई मेरा मज़ाक उड़ा रहा है।"

"आया और नर्स अपनी जगह हैं, लेकिन मिस कपूर और मिस मल्होत्रा को क्यों विस्मृत कर रही हो? वे घटिया बात नहीं कर सकतीं।"

"लेकिन मिस साहनी ही काफी है। वह तमाम स्टाफ में मेरा मज़ाक उड़ाती फिरती है।"

"मैं साहनी को मिलूंगा।"

"नहीं, तुम कुछ नहीं करोगे।"

"फिर रोने से क्या हासिल! इससे तो अच्छा था कि मैं लाहौर में ही रहता।" बलबीर ने कहा।

"अब तो यही अनुभव होता है।"

"खैर, तुम दिल छोटा न करो।"

"तुम एक काम कर सकते हो?"

"क्या?"

"नौकरी छोड़ दो।"

"नौकरी छोड़ दूं तो सारा दिन क्या करूंगा? फिर यह क्यों भूल रही हो कि यह नौकरी सिफारिश से मिली थी! मैं सारी उम्र पार्सल क्लर्क तो नहीं रहूंगा। एक दिन तरक्की कर जाऊंगा।"

"और वह दिन आने तक मेरा जीना हराम हो जाएगा।"

"ऐसा क्यों सोचती हो! लोग बकते हैं, उन्हें बकने दो।"

"मैं आज गांव जा रही हूं।"

"अपने डैडी के पास?"

"हां।"

"लेकिन इस समय तो कोई सवारी न मिलेगी!"

"मैं सालिम तांगा कर लूंगी।"

"डैडी क्या कहेंगे! आखिर मैंने तो कोई गलती नहीं की।"

"या फिर मैं अस्पताल छोड़ दूंगी।"

"फिर निर्वाह कैसे होगा? क्या तीस रुपये मासिक में गुज़ारा कर सकोगी?"

कुलवन्त चुप रही

"तुम अपनी प्रैक्टिस क्यों नहीं शुरू कर देती?"

"अपनी प्रैक्टिस चलाना आसान नहीं।"

"तो साहनी को बकने दो।"

"वह भी सहन करना आसान नहीं। जिधर से गुज़रती हूं, आवाज़ें कसी जाती हैं—'मेरा पार्सल आया है, मुझे पार्सल कराना है। ऐसे वातावरण में जीना आसान नहीं।"

"तो घबराने की क्या बात है! कोशिश करो, किसी और शहर में नौकरी मिल जाए। तुम मेरी तरह केवल बी॰ ए॰ नहीं हो, खैर से डॉक्टर हो। और डॉक्टरों की देश में बहुत कमी है।"

"लेकिन तुम क्या करोगे?"

"मैं भी बदली करा लूंगा।"

"लेकिन हर जगह यही बात होगी।"

"खैर, तुम दिल छोटा न करो। लोगों के ऐसा कहने से हमारे प्यार में अन्तर नहीं पड़ता।"

"क्यों नहीं पड़ता?"

"तुम ऐसा सोचती हो!"

"मैं डैडी से बात करना चाहती हूं। फिर कोई फैसला कर पाऊंगी।"

"तो कल चली जाना।"

"हां; मैं कल जाऊंगी।"

"अच्छा, अब उठकर मुंह-हाथ धो लो।"

"तुम जाओ। मैं ज़रा सोचना चाहती हूं।"

बलबीर चुपचाप चला आया। रसोई घर में वज़ीर कुलबीर के साथ खेल रहा था।

7

अगले दिन कुलबीर को लेकर कुलवन्त अपने गांव चली गई और डेडी से मिली।

"तुम! क्या तुम अकेली आई हो?"

"हां डैडी!"

"लाओ, बच्ची मुझे दो। अब मैं नाना हूं। कितनी खुशी की बात है!" जेलर ने कहा।

"लो!" कहकर उसने बेटी बढ़ा दी।

"अकेली क्यों आई हो? बलबीर को छुट्टी नहीं मिली?"

"नहीं, मैं अकेली ही आना चाहती थी। मुझे आपसे ज़रूरी बातें करनी हैं।"

"ज़रूरी बातें! क्या बलबीर से झगड़कर आई हो?"

"नहीं।"

"फिर कौन-सी ज़रूरी बात हो सकती है?"

'डैडी! इस शादी से तो मैं कुंवारी ही अच्छी थी।" फिर उसने रो-रोकर तमाम कहानी सुना दी।

"तुम्हीं तो चाहती थीं कि बलबीर की बदली हो जाए।"

"लेकिन मैं यह न जानती थी कि ऐसा होने से मेरा जीना हराम हो जाएगा। में बलबीर के साथ नहीं रह सकती।"

"लेकिन इस देश में तलाक का रिवाज नहीं और न ही कानून है। फिर बिरादरी में इससे बेहतर लड़का नहीं मिल सकता था।"

"इससे तो बेहतर था कि आप मेरा गला घोंट देते!"

"ऐसी बात नहीं कहते।"

"क्यों न कहूं? मेरा जीना दूभर हो गया है।"

"तुम किसी और शहर में चली जाओ।"

"और बलबीर को छोड़ दूं?"

"ऐसा मत करो। जब तक मैं जीवित हूं, ऐसा न करना। सारे गांव में बदनामी हो जाएगी।"

"और मेरी जो बदनामी हो रही है?"

"लोग बोल-बोलकर थक जाएंगे। कुत्ते भौंकते ही रहते हैं।" पिता ने समझाया।

"काश! आपने मुझे इतनी शिक्षा न दिलवाई होती, तो आज यह देखना न पड़ता।"

"लेकिन अब क्या हो सकता है!"

"मैं आपसे सलाह लेने आई हूं।"

"मेरी मानो तो लोगों को बकने दो।"

"यह मुश्किल है।"

"फिर तुमने क्या सोचा है?"

"अलग रहना चाहती हूं।"

"जवान स्त्री अलग नहीं रह सकती।"

"ब्याह से पहले भी तो अलग रहती थी।"

"कुलवन्त, ऐसा न करो। बलबीर तुम्हें प्यार करता है।"

"मुझे एक पार्सल क्लर्क से प्यार की ज़रूरत नहीं। प्यार अपनी जगह है और रुतबा अपनी जगह।"

"तो तुम रुतबे को प्यार से बड़ा समझती हो?"

"हां, मैं अपमान सहन नहीं कर सकती। मैं किसी और शहर में नौकरी कर लूंगी; लेकिन बलबीर के साथ नहीं रह सकती। यह मेरा अन्तिम फैसला है।"

"नौकरी मिलना आसान नहीं।"

"लेडी डॉक्टर के लिए आसान है।"

"यदि तुम्हारा यही फैसला है तो मुझसे क्यों पूछ रही हो? जो जी में आए, करो।"

"जिस देश में जन्म लिया, शिक्षा प्राप्त की, वहां कितनी स्वतन्त्रता थी!"

"लेकिन अब उस देश में नहीं जा सकते। मैं अपने अन्तिम दिन इस गांव में बिताना चाहता हूं, जहां मैंने जन्म लिया था और यह इतनी बड़ी हवेली बनाई है।"

"यह हवेली आपको मुबारक हो! मैं गांव में नहीं रह सकती।"

"मैं तुम्हें रहने को नहीं कह रहा हूं।"

"मैं दिल्ली चली जाऊंगी।"

"अकेली?"

"जी हां।"

"बलबीर कहां रहेगा?"

"जहां उसका जी करे।"

"तो जाओ, लेकिन मुझसे मिलने मत आना। मैं, जो यह बदनामी मिलेगी, सहन कर लूंगा। गांव के लोगों को तुम जानती हो।"

"मैं गांव में कितने दिन रही हूं! इस देश में वापस आए तो लुधियाना में डॉक्टरी की शिक्षा प्राप्त की।"

"लुधियाना पेरिस नहीं।"

"इस गांव से बेहतर है।"

"तो बलबीर को भी दिल्ली ले जाओ।"

"ताकि वहां भी बातें सुनूं?"

"दिल्ली बड़ा शहर है। वहां कौन बातें करेगा!"

"अच्छा, देख लूंगी।"

दो घण्टे बाद वह लुधियाना लौट आई। पिता की आंखों में आंसू थे।

शाम को वह लुधियाना पहुंच गई।

"डैडी से मिल आई हो?"

"हां।"

"क्या बात हुई?"

"मैं दिल्ली में नौकरी की कोशिश करूंगी।"

"लेकिन मैं दिल्ली नहीं जा सकता। वह दूसरा डिवीज़न है। मेरी बदली नहीं हो सकती।"

"लेकिन मैं यहां नहीं रह सकती।"

"यह तुम्हारा अन्तिम फैसला है?"

"हां।"

"डैडी ने आज्ञा दे दी है?"

"उनकी आज्ञा की ज़रूरत नहीं।"

"दिल्ली में अकेली रहोगी?"

"वज़ीर और कुलबीर होंगे।"

"तो तुम मुझे छोड़ रही हो?"

"नहीं। जब चाहो, मिलने आ सकते हो।"

"लाहौर से आना आसान था, लेकिन दिल्ली हर हफ्ता नहीं जाया जा सकता।"

"जब कभी छुट्टी मिले, आ जाना।"

"छुट्टियां तो साल में केवल पन्द्रह मिलती हैं।"

"तो पन्द्रह दिन के लिए आ जाना।"

"कुलवन्त, तुम मुझे छोड़कर जाना चाहती हो, क्योंकि मैं तीस रुपये मासिक का क्लर्क हूं।"

"इसके सिवा चारा भी नहीं। मैं अब यहां नहीं रह सकती।"

"तुम मुझसे प्यार नहीं, व्यापार कर रही हो।"

कुलवन्त ने उत्तर न दिया।

"खैर, जो चाहो, कर सकती हो। मैं तुम्हें मना नहीं करता। लेकिन द्वितीय महायुद्ध शुरू होने वाला है। अच्छी-अच्छी नौकरियां पैदा होंगी, और मैं क्लर्क नहीं रहूंगा।"

"वह समय आएगा तो देखा जाएगा।"

"इसका मतलब है, तुम मुझसे दूर जाना चाहती हो! मैं तुम्हारा पति हूं। पार्सल क्लर्क हूं या खलासी, हर सूरत में तुम्हारा पति हूं। हम ब्याह के पवित्र बन्धन में बंधे हैं, और यह ब्याह का बन्धन जन्म-भर का होता है; लेकिन तुम दुनिया की बातों से डरकर मुझसे दूर रहना चाहती हो। केवल इसलिए कि मेरा वेतन केवल तीस रुपये मासिक है। तुम प्यार को व्यापार के तराज़ू में तोल रही हो।"

"मैं विवश हूं।"

"यह गलत है। भला कभी ऐसा भी हुआ है! आखिर वह प्यार कहां गया?"

"प्यार से अधिक रुतबा महत्त्व रखता है।"

"और प्यार?"

"प्यार क्या है! पांच-सात वर्ष में दम तोड़ देता है।"

"चलो, पांच-सात वर्ष तो दो।"

"तुम समझते क्यों नहीं! मैं यहां नहीं रह सकती।"

"मैं दिल्ली नहीं जा सकता।"

"मैं तुम्हारे लिए नौकरी की कोशिश करूंगी। और तुम भी बदली की कोशिश करो।"

"बदली असम्भव है। लाहौर से लुधियाना आना बहुत मुश्किल था और अब दिल्ली जाना असम्भव है।"

"कोई बात असम्भव नहीं।"

"कुलवन्त, तुम जानती हो, प्यार किसे कहते हैं?"

बलबीर की आंखों में आंसू उमड़ आए।

"लेकिन इज़्ज़त से ज़िन्दा रहना प्यार से और अधिक ज़रूरी है।"

"और तुम इज़्ज़त की खातिर एक भरे हुए घर को उजाड़ रहो हो।"

"मैं विवश हूं।"

"वह मैं सुन चुका हूं। जिस बात का तुम्हारे पास जवाब नहीं, उसका जवाब है कि तुम विवश हो।"

"ऐसा ही समझ लो।"

"यह तुम्हारा अन्तिम फैसला है?"

"इसके सिवा दूसरा कोई रास्ता नहीं। यदि है तो तुम बता दो।"

"मैं क्या बता सकता हूं! मैं एक साधारण क्लर्क हूं। वह भी तुम्हारी सिफारिश से बना। मैं भला रास्ता कहां ढूंढ़ सकता हूं।"

"फिर परिस्थिति के बहाव के साथ बहते रहो।"

"कुलवन्त, एक बार फिर सोच लो।"

"मैंने बहत सोचा है।"

"और इस नतीजे पर पहुंची हो कि हम अलग हो जाएं?"

"समय और परिस्थिति का यही तकाज़ा है।"

"खैर, मैं हार मानता हूं। ब्याह बराबर के लोगों में होना चाहिए। आखिर यह बेजोड़ ब्याह था, फिर किस तरह निर्वाह हो सकता है!" बलबीर ने आंसू साफ किए। "मैं तुम्हारे रास्ते में नहीं आऊंगा। और आ भी नहीं सकता। तुम मुझसे अधिक पढ़ी-लिखी हो और मुझसे अधिक कमा रही हो।" कहकर वह कमरे से निकल गया।

अब भाग्य की बात थी कि लेडी डॉक्टर को हर जगह नौकरी मिल सकती थी। कुलवन्त ने तीन-चार अस्पतालों में अर्ज़ी भेजी। और उसे कमेटी के एक अस्पताल से ऑफर आ गई। वेतन एक सौ बीस रुपये मासिक था। क्वार्टर मुफ्त में। बिजली-पानी मुफ्त।

संध्या को बलबीर आया तो कुलवन्त ने कहा, "मुझे नई दिल्ली कमेटी की एक डिस्पेन्सरी में नौकरी मिल गई है। एक सौ बीस रुपये वेतन और क्वार्टर, बिजली-पानी मुफ्त।"

"मुबारक हो!" बलबीर ने धीरे से कहा, "तुम कब जा रही हो?"

"उन्होंने कहा है कि एक हफ्ते के भीतर उत्तर दो।"

"मैं तुम्हारा जवाब जानता हूं। तुम चली जाओगी तो यह कोठी खाली करनी पड़ेगी। मैं कल ही शहर में मकान देख लेता हूं।"

"वह तो देखना ही पड़ेगा।"

"अच्छा, तुम जहां रहो, खुश रहो। मैं भी ज़िन्दा रहने की कोशिश करूंगा।"

"ऐसा क्यों कहते हो?"

"तुम्हारे और कुलबीर के बिना मेरा जीवन सूना और उदास तो हो ही जाएगा, साथ ही अंधेरा भी हो जाएगा।"

"ऐसा क्यों सोचते हो? मैं वहां कोशिश करूंगी और तुम्हें बुला लूंगी।"

"धन्यवाद।"

"धन्यवाद की ज़रूरत नहीं। आखिर तुम मेरे पति हो। मैं भी अकेली हो जाऊंगी।"

"मुझसे अधिक नहीं।"

कुलवन्त ने उत्तर न दिया।

"तो तुम दूर जा रही हो—मुझसे दूर, मेरे जीवन से दूर, मेरे प्यार से दूर!"

"फिर वही बातें!"

"क्या करूं! दिल को लाख समझाता हूं, लेकिन यह पागल है, समझता ही नहीं। और अब तो इसपर पत्थर रख दूंगा, ताकि इसकी धड़कनें बन्द हो जाएं।"

"तुम इतने निराश क्यों हो गए हो?"

"अब मैं दिल चीरकर नहीं दिखा सकता। फिर चीर-फाड़ करना तुम्हारा काम है। तुम एक डॉक्टर हो। रोगी की चीखें भी तुमपर प्रभाव नहीं डाल सकतीं, क्योंकि यह तो तुम्हारी दिनचर्या है। फिर मेरे आंसू क्या असर पैदा कर सकते हैं! आंसू तो तुम रोज़ देखती हो।"

"इतने भावुक न बनो। तुम एक मर्द हो।"

"और इन्सान भी। काश! पत्थर की मूर्ति होता।"

"इन बातों से क्या हासिल है! मैं कह चुकी हूं कि मैं वहां कोशिश करूंगी। शायद कमेटी में कोई नौकरी मिल जाए!"

"इस सहानुभूति के लिए धन्यवाद। कल से हम अपरिचित हो जाएंगे। मैं कल मकान तलाश कर लूंगा। तुम कब जा रही हो?"

"परसों। आज मैंने इस्तीफा दे दिया है।"

"और मंज़ूर भी हो गया?"

"एक मास का नोटिस ज़रूरी है। मेरी बहुत-सी छुट्टियां हैं, इसलिए मैं परसों चली जाऊंगी।"

"क्या मैं तुम्हें स्टेशन पर विदा कर सकता हूं?"

"मैं रोक नहीं सकती। तुम वहां काम करते हो।"

"फिर भी तुम्हारी अनुमति आवश्यक है। शायद एक पार्सल क्लर्क की वर्दी में मुझे देखना पसन्द न करो।"

"मैं तुम्हारी दुश्मन नहीं हूं। केवल भलाई के लिए जा रही हूं।"

"किसकी भलाई?"

"हम दोनों की।"

"नहीं, केवल तुम्हारी। दिल्ली जैसा बड़ा शहर और वहां भी नई दिल्ली में नौकरी, जहां केवल अमीर लोग रहते हैं।"

"ताना दे रहे हो?"

"मैं इस योग्य कहां!"

"तुम जब चाहो, आ सकते हो।"

"मैं इतना बड़ा अफसर नहीं।"

"एक रास्ता है।"

"कौन-सा?"

"तुम टिकट-चेकर बन जाओ। फिर तो दिल्ली अक्सर आ सकते हो।"

"टिकट-चेकर!"

"हां। लुधियाना से जो टिकट-चेकर चलते हैं, वे दिल्ली तक जाते हैं।"

बलबीर के अन्दर जीवन आ गया।

"बात तो ठीक है, लेकिन पार्सल क्लर्क से टिकट-चेकर बनने के लिए सिफारिश या रिश्वत की ज़रूरत है।"

"मैं रिश्वत दे सकती हूं। तुम कोशिश करो।"

"बेहतर।" कहकर बलबीर खड़ा हो गया।

"कहीं जा रहे हो?"

"हां, मकान की तलाश में।"

"मकान मिलना कठिन नहीं है। मालीगंज, ब्रह्मपुरी कहीं भी मकान मिल सकता है।"

"फिर भी देख आऊं।"

बलबीर को मकान तलाश करने में कोई कठिनाई न हुई। उसे दो कमरों का मकान तीन रुपये मासिक में मिल गया। उसने

एक मास का किराया पेशगी चुका दिया। मालिक-मकान को आपत्ति न थी कि वह अकेला रहेगा या बाल-बच्चों के साथ।

तीसरे दिन साढ़े ग्यारह बजे की गाड़ी से कुलवन्त, कुलबीर और वज़ीर चले गए।

बलबीर प्लेटफॉर्म पर खड़ा था और कुलबीर उसके हाथों में थी।

"उदास न होना। मैं जाते ही पत्र लिख दूंगी।"

"धन्यवाद। और मैं जवाब भेज दूंगा।"

"कुलबीर को दे दो। गाड़ी चलने वाली है।"

बलबीर ने कुलबीर को सीने से लगाकर चूमा और कुलवन्त के हवाले कर दिया, जो ड्योढ़े दर्जे में सफर कर रही थी। वज़ीर तीसरे दर्जे में बेटा था।

"वज़ीर! मेम साहब और कुलबीर का ध्यान रखना।"

"साहब, घबराइए नहीं। मैंने वर्षों इनका नमक खाया है।"

"मेरा नहीं?"

"जी?"

"कुछ नहीं।"

गाड़ी चल दी। कुलवन्त खिड़की में बैठी थी। बलबीर कुछ कदम चलता रहा। फिर गाड़ी ने रफ्तार पकड़ ली और धीरे-धीरे गाड़ी आंखों से ओझल हो गई। गाड़ी ही नहीं, उसकी ज़िंदगी भी आंखों से ओझल हो गई।

"अरे आप!" मिस साहनी ने कहा।

"हां।"

"गाड़ी चली गई?"

"हां।"

"मैं तो कुलवन्त को विदा करने आई थी। रिक्शा मिलने में देर हो गई।"

"खैर, मैं पत्र लिख दूंगा।"

"इसकी ज़रूरत नहीं।"

"मिस कपूर और मिस मल्होत्रा नहीं आई?"

"उन्हें छुट्टी नहीं मिल सकी।"

"ओह!"

"तुम उदास हो?"

बलबीर ने उत्तर न दिया। यह उसका व्यक्तिगत मामला था। कुलवन्त ने बताया था कि तमाम शरारत की जड़ मिस साहनी है।

"चलो, अच्छा हुआ, दूर चली गई।"

"अच्छा क्यों हुआ?"

"यहां उसका भेद खुल सकता था।"

"भेद! कैसा भेद?"

"अब मैं कहना नहीं चाहती। कुलवन्त मेरी सहेली थी, लेकिन ब्याह से पहले उसके जीवन में एक मिस्टर सहगल आए थे। दोनों का ब्याह हो सकता था, लेकिन सहगल के माता-पिता न माने।"

"तुम्हें कुछ और कहना है?"

"मैं भला चुगली खा रही हूं! मैं तो सच बोल रही हूं।"

"मुझे इस सच की ज़रूरत नहीं।"

"लेकिन कुलवन्त को थी। अब वह आज़ाद हो गई है। तुम यहां, वह नई दिल्ली में, भगवान जाने कितने सहगल जीवन में आएं!"

"तुम जा सकती हो।" कहकर बलबीर स्वयं चला गया।

लेकिन मिस साहनी चिंगारी लगाने में सफल हो गई थी। बलबीर की वीरान रातों में सहगल का भूत उतर आया।

8

इधर बलबीर के दिन वीरान और रातें सुनसान हो गईं। कुलवन्त और कुलबीर के चले जाने से घर घर न रहा था। दिन तो काम में कट जाता, लेकिन शाम को वह घर पहुंचता तो खाली घर उसका स्वागत करता। उसने पड़ोसियों से मित्रता भी न की थी। वह कोई उपन्यास किराये पर ले आता और उसे पढ़ता रहता। खाने का समय होता तो ढाबे पर चला जाता। खाने के बाद वह बन्द दुकानों और खुली सड़कों पर घूमता रहता। यहां तक कि उसके कदम थक जाते और वह घर जाकर सो जाता।

कुलवन्त जिस स्थिति में उसे छोड़कर गई थी, वह अब कुलवन्त को पत्र भी न लिखता था। पन्द्रह दिन में एक पत्र लिख

देता। वह भी संक्षिप्त-सा। कुलवन्त जवाब में कुलबीर की बातें लिखती, लेकिन प्यार की बात कोई न होती।

इसके अतिरिक्त मिस साहनी ने जो चिंगारी छोड़ी थी, वह सुलग रही थी। चिंगारी शोला तो न बन सकी; हां, धीरे-धीरे सुलगती रही। वह अब समझ चुका था कि कुलवन्त आज़ादी चाहती थी। उससे दूर रहना चाहती थी। और उसे दोनों बातें मिल गई थीं। रात को एकान्त में वह अक्सर सोचता कि कुलवन्त की शामें रंगीन होंगी। उसने पुरुष मित्र बना लिए होंगे। उनके साथ सिनेमा जाती होगी, सैर-सपाटे करती होगी। अब वह स्वतंत्र थी। उसे कोई रोकने वाला न था। उसपर कोई प्रतिबन्ध न था।

और यह सच भी था।

कुलवन्त के जीवन में एक अमीर व्यक्ति आ गया था। उसका नाम हरी था। वह हर शाम कार लेकर आ जाता। उन दिनों दिल्ली में केवल सात सौ कारें थीं। अधिकांश रईस बग्घी रखते थे।

"हैलो डार्लिंग!" हरी आते ही कहता।

"हैलो!"

"तैयार हो?"

"आज कहां जाना है?"

"वहीं कनॉट प्लेस। रेस्टोरेंट और इंडिया गेट।"

"आज कुछ और प्रोग्राम बनाओ।"

"सिनेमा चलते हैं। सहगल की फिल्म लगी है।"

"सहगल?"

"हां। तुम चौंक क्यों पड़ीं? क्या कुन्दनलाल सहगल का नाम नहीं सुना, या उसकी पिक्चर नहीं देखी?"

"नहीं।"

"हद है! लोग तो सहगल के दीवाने हैं!"

"दीवानी तो मैं भी हूं।"

"लेकिन किसी और सहगल की। अब उसे भूल जाओ। अब केवल तुम हरी की प्रेमिका हो, जो तुम्हें दिल व जान से चाहता है।"

"यह प्रेमिका का नाटक मुझे पसन्द नहीं; बल्कि शब्द भी मुझे पसन्द नहीं। केवल दोस्त है।"

"डार्लिंग शब्द तो पसन्द है?"

"हां; वह पसन्द है।"

"तो डार्लिंग को हिन्दी में प्रेमिका कहते हैं।"

"कहते होंगे।"

"फिर सिनेमा चलना है?"

"नहीं, पहले इंडिया गेट, फिर कनॉट प्लेस।"

"जो हुक्म सरकार का। बन्दा तो ड्राइवर है।"

"हरी!"

"हूं?"

"क्या मुझसे बेहतर कोई साड़ी बांध सकती है?"

"बिलकुल नहीं। जो बांधती हैं, वे सिर ढांप लेती हैं; लेकिन तुम्हारी साड़ी का पल्लू कंधे पर होता है। तुम कज्जन से अधिक सुन्दर हो।"

"तुम बना रहे हो। मैं कज्जन से मुकाबला नहीं कर सकती।"

"यह मेरे दिल से पूछो।"

"मैं दिल को समझती हूं।"

"मैं भूल गया था कि तुम डॉक्टर हो।"

"चलो, अब तो याद आ गया।"

"अच्छा, अब चल दो।"

"मैं तैयार हूं।" कहकर कुलवन्त ने वज़ीर को बुलाया, "वज़ीर, मैं बाहर जा रही हूं। कुलबीर को दूध पिलाकर सुला देना।"

"और आपका खाना?"

"वह मैं बाहर खा लूंगी। तुम अपना खाना बना लेना।"

"जी मेम साहब!"

वे कार में बैठ गए और कार नई दिल्ली की सुन्दर सड़कों पर भागती हुई इंडिया गेट पहुंच गई।

"तुम्हारे मिस्टर का क्या हाल है?"

"पार्सल बुक करता होगा।"

"आश्चर्य है कि इतना पढ़-लिखकर तुमने एक पार्सल क्लर्क से ब्याह किया!"

"भाग्य की बात है।"

"भाग्य या दकियानूसी विचार?"

"कुछ समझ लो।"

हरी का बाज़ू उसकी कमर के गिर्द था।

"दुनिया बेजोड़ शादियों से भरी पड़ी है।"

"इसलिए कि स्त्रियां पांच क्लास से अधिक नहीं पढ़ती हैं। पांच तक भी इसलिए कि पति को पत्र लिखना आ जाए।"

"ऐसी स्त्रियां पत्र में क्या लिखती होंगी?"

"घरेलू हालात। सास-ननद के बारे में, बच्चों के बारे में, या फिर पैसे भेज दो।"

"बिलकुल ठीक। शायरी लिखती नहीं और सिनेमा देखती नहीं, जो गीत लिख सकें। 'मेरे स्वामी' से पत्र शुरू करती हैं और 'आपकी दासी' पर सआप्त कर देती हैं। साथ चलती हैं तो लम्बा घूंघट खींचकर। तुम्हारे बलबीर को भी इस तरह की पत्नी मिलनी चाहिए थी।"

"बात तो ठीक कहते हो। मैंने उसे पतलून पहनना सिखाया। उसे टाई बांधना सिखाया।"

"कभी मुझे भी सिखा दो।"

"तुम्हें ज़रूरत नहीं। तुम टाई की गिरह बहुत अच्छी लगाते हो। लिबास का चुनाव भी बहुत ऊंचा है।"

"मेरे कपड़े अंग्रेज़ दर्ज़ी सीता है।"

"मैं जानती हूं।"

"कुलवन्त, तुमने कभी इश्क किया है?"

"मैं इस प्रश्न का उत्तर नहीं दूंगी।"

"और उत्तर मुझे मिल गया है।"

"क्या?"

"किया है। अब उसका नाम भी बता दूं?"

"क्या जादू जानते हो?"

"उसका नाम सहगल था।"

कुलवन्त चुप रही।

"क्या काम करता था?"

"ऐसी बातें क्यों पूछते हो?"

"इसलिए कि वह मेरा रकीब है। मैं उसे मिलना पसन्द करूंगा।"

"वह दो सौ मील दूर है। एक बहुत बड़ी हौज़री का मालिक।

तुम उसे नहीं मिल सकते।" कुलवन्त ने चिढ़ाया।

"मैं हौज़री का धन्धा नहीं करता। मेरा कारोबार अपनी जगह है।"

"फिर जलते क्यों हो?"

"मैं जलता नहीं।"

"हरी!"

"कहो डार्लिंग?"

"मैं कुछ दुबली नहीं हो गई हूं?"

"ऐसा तो नज़र नहीं आता।"

"मेरा विचार है, दुबली हो गई हूं।"

"यह तुम्हारा भ्रम है। मोटापा सुन्दर नहीं होता।"

"लेकिन बहुत दुबला होना भी उचित नहीं।"

"तुम ठीक हो। कितना वज़न है तुम्हारा—एक सौ दस पौंड?"

"अब तो इतना ही होगा। सुबह एक सौ बारह था।"

"एक दिन में दो पौंड वज़न कम हो गया?"

"हां।"

"इसका मतलब है, तुम्हें भूख लगी है।"

"मैं सोच रही थी कि मेरा इशारा कब समझोगे।"

"तो देर किस बात की है! इंडिया गेट से कनॉट प्लेस कार में कितने मिनट का रास्ता है?"

"वह तुम जानते हो।"

"आओ।"

वे कार में बैठ गए और पांच मिनट में कनॉट प्लेस के रेस्टोरेण्ट डेविको में थे।

"क्या खाओगी?"

"जो तुम चाहो।"

"अभी केवल आठ बजे हैं, और मैं दस-साढ़े दस बजे खाता हूं, जो तुम जानती हो। तुम कोई हल्की चीज़ मंगा लो और मैं दस बजे तक पांच पेग पी लूंगा।"

"बेहतर।"

वेटर आया।

"देखो, मेम साहब के लिए चिकन-सैंडविच लाओ और कॉफी।

मेरे लिए लार्ज स्कॉच।"

"कौन-सी स्कॉच सर?"

"ब्लैक एण्ड व्हाइट।"

"यस सर!"

"लो, अब शाम रंगीन हो जाएगी। व्हिस्की बनाने वाले का जवाब नहीं। आदमी एक की जगह दो हो जाते हैं।"

"और भूत बन जाते हैं।"

"क्या तुम भूतों से डरती हो?"

"नहीं; मैं किसीसे नहीं डरती।"

"कभी आगरा का प्रोग्राम बनाएं?"

"अवश्य।"

"चांदनी रातों में ताजमहल एक मकबरा नहीं लगता, बल्कि दो प्यार करने वालों की तस्वीर बन जाता है।"

"सच?"

"तो प्रोग्राम पक्का रहा?"

"हमारी हर बात पक्की है।"

"छुट्टी तो मिल जाएगी?"

"तुम्हारे साथ जाने के लिए मैं नौकरी छोड़ भी सकती हूं।"

"तुम्हारा जवाब नहीं। नौकरी छोड़ सकती हो, तो क्या पति को भी छोड़ सकती हो?" हरी ने पूछा।

"वह तुम्हें क्या कहता है!"

"कहता तो कुछ नहीं, यद्यपि एक कांटा ज़रूर है।"

"वह कहां, मैं कहां! वह यहां आ भी नहीं सकता। बिचारा!"

"बिचारा!"

"तुम्हें उससे क्यों हमदर्दी है?"

"इसलिए कि कोई उसका अधिकार छीन रहा है।"

"मैं तुम्हारी मित्र हूं, रखैल नहीं। रखैल को पैसे दिए जाते हैं, और मैंने आज तक तुमसे पैसा नहीं मांगा। जो उपहार दिया, वह स्वीकार कर लिया।"

"तो तुम उपहारों में विश्वास रखती हो?"

"वह तो मित्रता में चलता है।"

"खैर, मित्र ही सही।" हरी तीसरा पैग पी चुका था, "क्या आज रात मैं ठहर सकता हूं?"

"क्यों नहीं! तुम्हारा घर है। इसमें आज्ञा की क्या ज़रूरत है! आज्ञा तो परायों से ली जाती है।"

"और तुम परायी नहीं। काश, मैं विवाहित न होता!"

"ऐसा क्यों कहते हो?"

"मैं तुम्हें पत्नी बना लेता।"

"क्या अब मैं पत्नी नहीं हूं? तुम जब चाहो, आ सकते हो। जब चाहो, रह सकते हो।"

"वह तो ठीक है, लेकिन तुम्हारा पति एक दीवार है।"

"तुमने तो उसे देखा भी नहीं!"

"लेकिन किसी दिन भेंट हो जाएगी।"

"जब होगी, तब देखा जाएगा।"

रेस्टोरेंट में एक शोर मच गया। लोग ऊंचे स्वर में बातें करने लगे :

"क्या बात है? यह शोर कैसा?"

"मालूम नहीं।"

साथ की मेज़ पर बैठे लोग भी ऊंचे-ऊंचे स्वर में बातें करने लगेः

"क्या बात है? यह शोर कैसा?"

"मालूम नहीं।"

"आखिर युद्ध शुरू हो गया।" एक ने कहा।

"यह युद्ध नहीं, केवल पोलैंड पर जर्मनी और रूस का आक्रमण है।"

"गलत, यह द्वितीय महायुद्ध है, और समस्त यूरोप में फैल जाएगा। इंग्लैंड भी बच न सकेगा। इटली भी कूद पड़ेगा। अब पैसा बनाने का अवसर आ गया है।"

"तुमने स्पेन के युद्ध के समय भी यही कहा था और हज़ारों गिनवा दिए थे।"

"लेकिन यह महायुद्ध होगा। धीरे-धीरे सारे संसार में फैल जाएगा। इधर जापान भी तैयार है। यदि इंग्लैंड युद्ध में कुदा तो अमरीका भी कूद पड़ेगा।"

"तो युद्ध शुरू हो गया?" हरी ने कहा।

"तुम्हें क्या?" कुलवन्त बोली।

"मैं भी पैसा बनाना चाहता हूं।"

"पहले क्या कम है?"

"पैसे की भूख कभी खत्म नहीं होती। मुझे डर है कि पेट्रोल गायब हो जाएगा।"

"तुम्हारी कार को मिलता रहेगा।"

"अवश्य। दूसरे महायुद्ध के नाम!" कहकर उसने अपना गिलास खाली कर दिया।

"मुझे भी तरक्की मिल जाएगी।"

"अवश्य। सेना में भरती हो जाना।"

"नहीं, मैं सेना में नहीं जाऊंगी। मैं शान्तिपसन्द हूं। मुझ आराम और ऐश्वर्य का जीवन पसन्द है।"

"मुझे भी।" हरी ने कहा, "वेटर!"

वेटर आ गया।

"यस सर!"

"एक पैग और।"

"यस सर!"

"अब बस करो। मुझे भूख सता रही है।"

"बस, यह पैग पी लूं, फिर खाने का ऑर्डर करता हूं।"

"कितने हो गए?"

"यह चौथा है।"

"नहीं, पांचवां।"

"पांचवां ही सही। द्वितीय महायुद्ध। बड़े-बड़े ठेके पैदा होंगे और लाखों की आय होगी।"

पग आ गया।

कुलवन्त ने खाने का ऑर्डर दे दिया।

आध घण्टा बाद वे रेस्टोरेंट से निकले तो हरी का बाज़ू कुलवन्त की कमर के गिर्द था।

"कुलवन्त!"

"हूं?"

"मुझ तुम्हारे सहारे की ज़रूरत है।"

"मैं दे रही हूं। कंधे पर हाथ रख लो।"

"वह तो अंधे रखते हैं, शराबी नहीं। शराबी कमर का सहारा लेते हैं।" हरी के कदम डगमगा रहे थे।

"इतनी अधिक तो नहीं पी!"

"लेकिन आज नशा बहुत हो गया है।"

"सब खत्म हो जाएगा। घर जाकर खर्राटे न लेना।"

"नहीं, ऐसी बात नहीं। अभी तो कार चलाना है। पीकर मैं कार बहुत अच्छी चलाता हूं।"

"मैं जानती हूं, पीकर तुम कुछ काम बहुत अच्छे करते हो।"

हरी हंस पड़ा।

"कॉफी पिओगे?" कुलवन्त ने कहा।

"नहीं; नशा उतर जाएगा।"

"ग्यारह बज रहे हैं।"

"मुझे खाली सड़कें बहुत पसन्द हैं।" कहकर उसने कुलवन्त के लिए दरवाज़ा खोल दिया।

कुलवन्त बैठ गई। हरी स्टीयरिंग पर बैठ गया।

"इतनी दूर क्यों हो?"

"दूर कहां हूं!"

"और नज़दीक आ जाओ।"

"मुझे कार चलाना क्यों नहीं सिखा देते?"

"तुमने कहा कब है?"

"अब जो कह रही हूं।"

"तो व्हील संभाल लो।"

कुलवन्त ने व्हील संभाल लिया और कार खाली सड़क पर दौड़ती रही।

"हम कहां जा रहे हैं?"

"व्हील तुम्हारे हाथ में है। जिस ओर चाहो, घुमा दो।"

"अब घर चलते हैं।"

"जैसी तुम्हारी मर्ज़ी।"

कार कोठीनुमा क्वार्टर के आगे रुक गई।

"यह क्या! तुम्हारी कोठी में रोशनी क्यों?"

"शायद कुलबीर जाग गई होगी और वज़ीर उसे दूध पिला रहा होगा।"

"फिर ताजमहल का प्रोग्राम पक्का रहा?"

"बिलकुल पक्का।"

उन्होंने कार का इंजन बन्द किया और नीचे उतरे। कुलवन्त ने दस्तक दी और दरवाज़ा खुल गया।

कुलवन्त का रंग उड़ गया। "तुम!"

"हां, मैं।" बलबीर ने कहा।

"आपका परिचय?" हरी ने नशे में कहा।

"यह मेरे पति हैं।"

"मिस्टर पति! आपसे मिलकर बहुत खुशी हुई।" कहकर हरी ने हाथ बढ़ा दिया।

बलबीर ने हाथ न मिलाया।

"हाथ न मिलाते तो न सही।"

"यह कौन है?" बलबीर ने कहा।

"हमारे अस्पताल के इंचार्ज।"

"बहुत खूब! अस्पताल रात के ग्यारह बजे तक खुला रहता है?" बलबीर ने कहा।

"एक केस आ गया था।" कुलवन्त ने कहा।

"और वह मरीज साथ में व्हिस्की भी ले आया।"

"व्हिस्की! तुम व्हिस्की पिओगे?" हरी ने कहा।

"हरी, अब तुम घर जाओ।"

"घर जाऊं?"

"हां।"

"लेकिन हमारा प्रोग्राम?"

"तुम्हारा प्रोग्राम मैं बनाता हूं।" कहकर बलवीर ने उसे गर्दन मे पकड़ लिया।

"साहब! तमीज़ से बात कीजिए। यह हाथा-पाई कैसी?"

"अभी बताता हूं।" बलबीर ने उसके जबड़ों पर एक घूंसा दिया।

"कुलवन्त! यह क्या मज़ाक है?"

"अब जाते हो या नहीं?"

"जा रहा हूं; लेकिन शरीफ लोग इस तरह नहीं मिलते।"

"तुम्हारी शराफत मैं अभी ठीक करता हूं।" कहकर उसने दूसरा घूंसा दिया। हरी सीधा कार के करीब पहुंच गया और कार में बैठकर चला गया।

"बलबीर, तुम्हें मेरे अफसर के साथ ऐसा नहीं करना चाहिए था।"

"अफसर! बेशर्म औरत! अब भी पर्दा डाल रही हो। मैंने

सब कुछ देख लिया है। इसीलिए दिल्ली आना चाहती थीं! मुझसे दूर, ताकि रंगरेलिया मना सको!"

"वह मेरा अफसर है।"

"और तुम घर कह गई थीं कि खाना बाहर खाओगी। घर से कितने बजे गई थीं?"

"घर से तो सुबह नौ बजे गई थी।"

"और शाम को नहीं आई?"

"नहीं।"

"झूठ! निर्लज्ज!"

"बलबीर! तमीज़ से बात करो। तुम एक शरीफ महिला से बात कर रहे हो।"

"शरीफ महिला से या विश्वासघातिनी पत्नी से?"

"क्या मतलब?"

"मैं नौ बजे से प्रतीक्षा कर रहा हूं। तुम वज़ीर को कहकर गई थीं कि शाम का खाना बाहर खाओगी।"

"इसमें क्या हर्ज! वह मेरा अफसर है।"

"रात के ग्यारह बजे तक घर से बाहर रहना एक शरीफ स्त्री का काम है?"

"क्या मैं दावत में नहीं जा सकती?"

"अस्पताल से दावत पर आ गई हो! और वह प्रोग्राम बना रहा था। कैसा प्रोग्राम?"

"कल दिन के बारे में।"

"दिन का प्रोग्राम तो दिन में बनता है, रात के इस पहर नहीं। तो यह है तुम्हारा जीवन! साहनी ने ठीक कहा था।"

"क्या कहा था उसने?"

"तुम्हारे जीवन में ब्याह से पहले एक मिस्टर सहगल था, और अब दर्जनों सहगल हैं।"

"रात्रि के इस पहर तुम लड़ना चाहते हो?"

"मैं तुझे आज जान से मार डालना चाहता हूं।"

"यदि तुमने कोई ऐसी हरकत की तो मैं शोर मचा दूंगी।"

"और लोगों से क्या कहोगी?"

"कि तुम मुझे जान से मार रहे हो।"

"क्यों?"

"इसलिए कि तुम गलतफहमी के शिकार हो।"

"अपनी आंखों से देखकर भी मैं गलतफहमी का शिकार हूं?"

"बिलकुल। गुस्सा थूक दो और बैठ जाओ।" कहकर कुलवन्त स्वयं बैठ गई।

"तो यह है तुम्हारा जीवन!"

"आखिर वह मेरा अफसर है। इंचार्ज है। यदि उसके साथ खाने पर चली गई तो कौन-सी आफत आ गई! यह गांव नहीं है, दिल्ली है। यहां दावत पर जाना जुर्म नहीं। खैर, पहले यह बताओ कि तुमने खाना खा लिया है?"

"नहीं, और अब मुझे भूख नहीं।"

"वज़ीर से कहा नहीं?"

"मैं तुम्हारे साथ खाना खाना चाहता था और इसके लिए प्रतीक्षा कर रहा था। अब तुम दावत से आ रही हो, इसलिए मुझे भूख नहीं।"

"मैं वज़ीर को जगा देती हूं।"

"इसकी ज़रूरत नहीं।"

"अपने हाथ से बना देती हूं।"

"इसकी भी ज़रूरत नहीं।"

"अच्छा, अब बैठ तो जाओ।"

"मैं इसी तरह ठीक हूं।"

"कौन-सी गाड़ी से आए हो?"

"बम्बई एक्सप्रेस से।"

"कितने दिन की छुट्टी?"

"एक सप्ताह की।"

"पत्र क्यों न लिखा?"

"मैं अचम्भा देना चाहता था।"

"यह तो तुमने दे दिया। और सुनाओ, जीवन कैसा गुज़र रहा है।"

"जैसा गुज़र सकता है—पत्नी और बच्चों से दूर रहकर।"

"तुम्हारा गुस्सा अभी तक दूर नहीं हुआ।" कहकर कुलवन्त उठी और बाज़ू उसके गले में डाल दिया।

"मुझे इस झूठे प्यार की ज़रूरत नहीं।" बलबीर ने बाज़ू अलग कर दिए।

"आखिर मेरी गलती क्या है?"

"रात के इस पहर घर लौटना क्या एक नेक स्त्री को शोभा देता है?"

"नहीं, लेकिन तुम समझते क्यों नहीं, यह दिल्ली है! अफसरों को खुश रखना पड़ता है।"

"और खुश रखने का यह तरीका है?"

"अब तुम आरोप पर आरोप लगा रहे हो।"

"मैंने अपनी आंखों से जो कुछ देखा है, उसके बाद भी इसे आरोप कहती हो!"

"अब तुम जो मर्ज़ी समझो। मैं तुम्हारी तरह पार्सल क्लर्क नहीं हूं।"

"इस ताने के लिए धन्यवाद। मैं यहां पार्सल बुक करने नहीं आया हूं, बल्कि पत्नी और बच्चों से मिलने आया हूं। तुम मुझे छोटा क्यों समझती हो? क्या पार्सल क्लर्क इन्सान नहीं होता? यदि ऐसा ही अपने को उच्च समझना था और प्यार को व्यापार के तराज़ू में तोलना था, तो फिर ब्याह क्यों किया था?"

"ब्याह डैडी ने किया था।"

"तुम इनकार कर सकती थीं।"

"एक शरीफ लड़की डैडी को इनकार नहीं कर सकती।"

"लेकिन आवारा घूम सकती है।"

"इन बातों का कोई लाभ नहीं।"

"क्यों नहीं? यह मेरी इज़्ज़त और स्वाभिमान का प्रश्न है। तुम्हारी इज़्ज़त, मेरी इज़्ज़त है और तुम्हारी बदनामी या निंदा मेरी बदनामी और निंदा है, तुम यह क्यों भूल रही हो?"

"मैंने ऐसी कोई हरकत नहीं की। तुमने बिना सोचे-समझे मेरे अफसर को पीट डाला, अब कल दिन में वह किस तरह बदला लेता है, मैं नहीं जानती। घर आए मेहमान को इस तरह नहीं पीटा जाता। शायद मुझे नौकरी से हाथ धोना पड़े!"

"तुम जैसी स्त्रियों के लिए नौकरियों की कमी नहीं। यह बताओ, तुम यह नौकरी छोड़कर मेरे साथ चल सकती हो?"

"और तीस रुपये महीने में निर्वाह करूं? वज़ीर की तनखाह कौन देगा?"

"घर का काम तुम करोगी।"

"मैंने इसलिए शिक्षा प्राप्त नहीं की।"

"तुम चाहती क्या हो?"

"तुम यहां आ जाओ।"

"वह असंभव है।"

"और मेरा नौकरी छोड़ना भी असंभव है।"

"यानी हमारी राहें अलग-अलग हैं?"

"क्या तुम ऐसा समझते हो?"

"इसके अतिरिक्त और क्या समझ सकता हूं?"

"खैर, मैं नौकरी नहीं छोड़ सकती। तुम चाहो तो यहां आ सकते हो। मैं तुम्हारी नौकरी के लिए कोशिश कर सकती हूं।"

"धन्यवाद! मैं जानता हूं, तुम्हारे मित्रों की संख्या बहुत बड़ी है; लेकिन मैं स्त्री की सिफारिश नहीं चाहता।"

"और यह नौकरी कैसे मिली थी?"

"तुम्हारे डैडी ने पंडितजी से कहा था।"

"वह एक ही बात है। अब झगड़ते ही रहोगे! मुझे नींद आ रही है। सुबह ड्यूटी पर जाना है। आओ, चलकर सो जाएं। बज़ीर ने दूसरा बिस्तर लगा दिया था?"

"हां।"

"तो आओ।" कहकर कुलवन्त बेडरूम में चली गई। बलबीर अपनी जगह कोच पर बैठा रहा। कुलवन्त प्रतीक्षा करती रही, और फिर सो गई। बलबीर सोच रहा था कि वह उसका गल दबा दे; लेकिन एक आवारा स्त्री की खातिर फांसी पर चढ़ना कहां की अक्लमन्दी है! सोचता-सोचता वह कोच पर ही सो गया।

9

प्रातः हुई। कुलवन्त ने दूसरा पलंग खाली पाया। उसने बेडरूम से निकलकर गोल कमरे में झांका, बलबीर कोच पर सो रहा था। कुलवन्त मुस्करा दी।

वज़ीर चाय ले आया। कुलवन्त चाय पीने लगी। वह अभी चाय ससाप्त न कर पाई थी कि बलबीर जाग गया।

"जाग गए?"

"हूं।"

"अन्दर पलंग पर क्यों न सोए? कोच पर आराम से न सोए होंगे "

"तुम मेरी चिन्ता न करो।"

"लो, चाय पिओ।" कहकर उसने प्याला बढ़ा दिया।

बलबीर ने प्याले को उठाया नहीं। कुलवन्त बाथरूम में चली गई। स्नान से निवृत्त होकर वह बाहर आई तो चाय उसी तरह पड़ी थी।

"चाय नहीं पी?".

"ज़रूरत नहीं।"

"रात खाना भी नहीं खाया!"

"तुम्हें चिन्ता करने की ज़रूरत नहीं।"

"मैं तो नाश्ता करके अस्पताल जा रही हूं।"

"जाओ।"

"न मालूम आज क्या हो!"

"तुम ठीक कहती हो।"

"मेरा मतलब अफसर से है, जिसे तुमने रात पीटा था।"

"घबराओ नहीं, वह तुम्हें नौकरी से नहीं निकालेगा, क्योंकि वह तुम्हारा अफसर नहीं।"

"यह तुम कैसे कह सकते हो?"

"मैं सब जानता हूं।"

"तुम तो सुबह ही सुबह लड़ने के मूड में हो!"

"नाश्ता करो, वरना देर हो जाएगी।"

"और तुम?"

"मैं भी कर लूंगा, जब ज़रूरत पड़ेगी।"

"क्या मेरे साथ न करोगे? इतने दिनों बाद तो मिले हो।"

बलबीर ने उत्तर न दिया। वह उठकर बाथरूम में चला गया।

कुलवन्त मन्द मुस्करा दी। उसने नाश्ता किया और अस्पताल जाने के लिए तैयारी करने लगी।

साड़ी के ऊपर सफेद कोट था, जो डॉक्टर पहनते हैं। हाथ में स्टेथेस्कोप था।"

"मैं जा रही हूं।"

"अच्छा।"

"दुपहर के खाने पर भेंट होगी।"

"अवश्य।"

"तुमने पढ़ा कि जर्मनी और रूस ने पोलैंड पर हमला कर दिया है?"

"मैंने अखबार नहीं देखा।"

"अच्छा, तुम अखबार देखो। स्नान से निबटो। मैं दुपहर को मिलूंगी।" कुलवन्त ने कहा और बाहर चली गई।

बलबीर ने उत्तर न दिया।

वज़ीर आ गया।

"साहब, नाश्ता दूं या आप स्नान करेंगे?"

"पहले स्नान करूंगा। दातुन है?"

"है तो नहीं। बाहर नीम का वृक्ष है। वहां से तोड़ लाता हूं।"

"जाओ, ले आओ।"

"जी, बेहतर।"

बलबीर आधा घण्टा दातुन करता रहा। फिर स्नान किया। नाश्ते से निवृत्त होकर वह अखबार पढ़ने लगा।

बम्बई सिटी पुलिस में पठान और पंजाब ब्रांच में पठान और पंजाबी सब-इंस्पेक्टर की ज़रूरत थी। उसने अखबार की कटिंग जेब में रख ली।

"वज़ीर, मैं जा रह हूं।"

"कहां साहब?"

"ज़रा शहर देखना चाहता हूं।"

"कनॉट प्लेस तो केवल सौ गज़ दूर है।"

"बस, ठीक है।"

"मेम साहब एक बजे खाने पर आती हैं। आप भी आ जाइएगा।"

"मैं एक पत्र लिखना चाहता हूं। कागज़ और कलम लाओ।"

वज़ीर ने कागज़ और कलम दे दिए। बलबीर पत्र लिखने लगा। पत्र लिखकर उसने वज़ीर को बुलाया। "यह पत्र मेम साहब को दे देना।"

"क्या आप वापस जा रहे हैं?"

"हां।"

"लेकिन आप तो एक सप्ताह की छुट्टी आए थे!"

"मुझे काम है।"

"जी।" वज़ीर कुलवन्त का नौकर और उसीका स्वामिभक्त था। उसने बहस करना उचित न समझा।

पत्र छोड़कर और अपना छोटा अटैचीकेस उठाकर वह कोठी से निकल गया और भाग्य परखने के लिए बम्बई रवाना हो गया।

दुपहर को कुलवन्त आई।

"वज़ीर! साहब कहां हैं?"

"चले गए और आपके लिए एक पत्र छोड़ गए हैं।"

"पत्र छोड़ गए हैं! कहां है?"

वज़ीर ने पत्र बढ़ा दिया। पत्र यह था :

'कुलवन्त,

'तुम एक डॉक्टर होकर मुझसे अधिक कमाती हो, इस भावना ने तुम्हें सदा मुझसे अलग रखा। तुमने मुझे सदा हीन समझा है। तुमने मुझे सदाताना दिया है कि मैं केवल एक क्लर्क हूं। वह तो मैं हूं ही, लेकिन मैं बिना सिफारिश बेहतर नौकरी तलाश करूंगा। और जब तुमसे अधिक वेतन लूंगा, तो तुम्हें मिलूंगा।

'उस समय तक हमारी राहें अलग हैं। तुम दावत खाओ, रात के ग्यारह बजे घर लौटो या एक बजे; लेकिन मैं अब कुछ बनकर ही रहूंगा। उस दिन की प्रतीक्षा करना। फिर मैं तुम्हें ले जाऊंगा—यदि तुम्हें मेरी ज़रूरत होगी तो।

'कुलबीर को प्यार।

तुम्हारा

—बलबीर'

पत्र में कोई धमकी न थी, कोई गुस्सा न था, कोई आरोप न था, केवल बेवफाई का गिला था। कुलवन्त ने पत्र पढ़ा, और पत्र को विस्मृत न कर सकी।

'कौन-सा डिप्टी कमिश्नर बन जाओगे!' कुलवन्त बड़बड़ाई। और उसने पत्र फाड़कर फेंक दिया।

"वज़ीर, खाना लगाओ।"

"जी मेम साहब, खाना लग चुका है।"

कुलवन्त खाना खाने लगी, जैसे कोई खास बात न हुई थी।

खाने के बाद वह काम पर चली गई। शाम को घर लौटी तो कोई भी उसकी प्रतीक्षा न कर रहा था। उसने पड़ोस की कोठी में जाकर हरी को फोन किया।

"हैलो हरी!"

"हैलो!"

"क्या बात है? आज आए नहीं!"

"रात के बाद आने का प्रश्न ही पैदा नहीं होता।"

"तुम आ जाओ। मैं फोन पर बात नहीं कर सकती।"

"वह तुम्हारा पति कहां है?"

"चला गया।"

"कहां?"

"शहर छोड़कर।"

"कोई खतरा तो नहीं?"

"नहीं, डरने की बात नहीं। बस, आ जाओ। शेष बातें फिर करना।"

"मैं दस मिनट में पहुंच रहा हूं।"

"चाय तैयार होगी।"

"ओ॰ के॰।" फोन बन्द हो गया।

कुलवन्त ने अपनी कोठी में आकर वज़ीर से कहा कि चाय तैयार करे।

"आपके लिए?"

"नहीं, दो आदमियों के लिए।"

"साहब आ रहे हैं?"

"साहब चले गए।"

"चले गए! लेकिन वह तो एक सप्ताह की छुट्टी आए थे!"

"बहस न करो, चाय बनाओ।"

"जी मेम साहब!" कहकर वज़ीर चला गया।

इधर चाय तैयार हुई, उधर हरी आ गया।

"मैदान साफ है ना?" हरी ने डरते-डरते पूछा।

"हां-हां, अन्दर आओ।"

हरी भीतर आ गया।

"यह रात क्या हुआ था? तुम्हारा पति तो मुझे मार ही

डालता!"

"मैं उसके लिए क्षमा मांगती हूं। वह जंगली है। बिना सूचित किए आ गया। खैर, उसे भूल जाओ। यही वजह है कि मैं उससे अलग रहती हूं। बिलकुल उजड्ड और गंवार है।"

"तुम्हें भी पीटा?"

"मुझे!"

"हां।"

"उसकी जुर्रत नहीं कि मुझपर हाथ उठाए।"

"हद है! फिर मुझपर क्यों उठाया?"

"मैं स्वयं हैरान हूं।"

"तुमने क्या कहा?"

"यही कि तुम मेरे अफसर हो। अब मेरी नौकरी जाती रहेगी।"

"और वह मान गया?"

"मानता नहीं तो मैं शोर मचाकर लोग जमा कर लेती।"

"तुम बहुत दिलेर हो, लेकिन मैं झगड़े से दूर रहता हूं।"

"अच्छा, अब चाय पियो।"

"अब आएगा तो नहीं?"

"नहीं। वह पत्र छोड़ गया है कि हमारी राहें अलग-अलग हैं, इसलिए वह जा रहा है।"

"तुमने ऐसे जंगली से ब्याह क्यों किया?"

"हमारी बिरादरी किसानों से भरी है। केवल यह एक बी॰ ए॰ था, और डैडी ने ब्याह कर दिया।"

"केवल बी॰ ए॰!"

"और नौकरी भी मेरे डैडी ने दिलवाई।"

"क्या काम करता है?"

"अब उसकी बातें करके शाम खराब न करो। यह बताओ, चाय के बाद कहां चलना है?"

"जहां हुक्म करो। मैं तो ड्राइवर हूं।"

"और मुझे कार चलाना नहीं सिखाओगे?"

"आज यही काम करते हैं।"

"ठीक।"

"तुम तैयार हो?"

"देख नहीं रहे! तुमने इस साड़ी की प्रशंसा नहीं की, यह मैंने दूसरी बार पहनी है।"

"क्यों न आज शॉपिंग करें?"

"कैसी शॉपिंग?"

"मैं तुम्हारे लिए साड़ियां खरीदना चाहता हूं।"

"इनकी क्या ज़रूरत है!"

"मैं चाहता हूं। मैंने आज तक तुम्हें कोई उपहार नहीं दिया। और नकद का प्रश्न ही पैदा नहीं होता।"

"यह तुमने ठीक कहा। यदि कभी तुम नकद देने की कोशिश करते तो मैं समझ लेती कि मैं बाज़ारी औरत हूं।"

"मैं तुम्हें कभी बाज़ारी औरत नहीं समझता हूं। तुम तो मेरी जान हो, मेरी रूह हो, मेरी ज़िन्दगी हो!"

"धन्यवाद।"

"आओ, चलें।"

"चलो।"

"तुम्हें विश्वास है कि वह अब नहीं आएगा?"

"चिंता न करो, वह अब नहीं आएगा।"

"हूं!" हरी ने गहरी सांस ली।

"यह गहरी सांस क्यों?"

"कबाब से हड्डी निकल गई है।"

"तुम बहुत शरीर हो। उसे हड्डी कहते हो!"

"और क्या कहूं?"

"आओ, चलें।"

"चलो।"

कनॉट प्लेस से उन्होंने चार साड़ियां खरीदीं।

फिर वे कुतुबमीनार की ओर निकल गए और हाथ में हाथ डाले घूमते रहे।

"यह जगह कितनी सुनसान है!"

"हूं।"

"मैं तुम्हारा चुम्बन लेना चाहता हूं।"

कुलवन्त चुप रही, जिसका अर्थ स्वीकृति थी।

"आज रात तुम्हारे यहां ठहर सकता हूं?"

"क्यों नहीं!"

"डरता हूं, वह फिर न आ जाए!"

"अब कितनी बार कहूं कि वह नहीं आएगा? मैं उसे जानती हूं।"

"अच्छा, देखेंगे।"

"अब वापस शहर चलो। किसी रेस्टोरेंट में बैठेंगे।"

"अवश्य।"

"यह सड़क खाली है। मुझे कार चलाना सिखाओ।"

"ऐसी मुश्किल नहीं।"

"तो आसान बना दो।"

कार चलाना तो बहाना था। वह उसके शरीर से शरीर मिलाकर बैठी थी। फिर वही शाम थी, शराब थी, और खाना था।

साढ़े दस बजे वे रेस्टोरेंट से निकले। कार उसने कोठी से दूर ही रोक दी।

"कार क्यों रोक दी?"

"तुम जाकर देख आओ, वह लोट तो नहीं आया!"

"बेहतर।"

"ये साड़ियां तो लेती जाओ। मैं पांच मिनट प्रतीक्षा करूंगा। यदि तुम न आई तो समझ लूंगा कि वह घर पर है।"

"बेहतर। मैं तीन मिनट लगाऊंगी।" कुलवन्त साड़ियां लेकर चल दी। वज़ीर ने दरवाज़ा खोला।

"कोई आया तो नहीं?"

"जी नहीं।"

"यह पार्सल रखो। मैं अभी आई।" कहकर वह कार के पास पहुंची। हरी ने उसे देख लिया था।

"मैदान साफ है?"

"बिलकुल।"

"कार यहां ही रहने दूं?"

"क्यों?"

"तुम्हारी कोठी के आगे खड़ी की तो पड़ोसी शक करेंगे कि मैं तमाम रात यहां बिता रहा हूं।"

"जैसा उचित समझो।"

हरी कार से नीचे आ गया।

वे कोठी में दाखिल हुए।

"वज़ीर, बेबी को दूध दे दिया था ?"

"जी हां।"

"अब तुम अपने कमरे में जाओ।"

"किसी चीज़ की ज़रूरत तो नहीं ?"

"नहीं।"

वज़ीर ने एक दृष्टि हरी पर डाली, जिसकी आंखें शराब से गुलाबी हो रही थीं और अपने कमरे की ओर चल दिया।

10

बलबीर के पास साठ रुपये थे। चौदह रुपये दिल्ली से बम्बई का किराया था। कुछ रास्ते में खर्च हो गया। और स्टेशन के करीब ही एक घटिया-से होटल में ठहर गया।

वह असिस्टेंट कमिश्नर पुलिस से मिला, जो अंग्रेज़ था। ए॰ सी॰ ने उसका कद देखा।

"तो तुम बी॰ ए॰ हो ?"

"जी हां।"

"डिग्री कहां है ?"

"सर! वह मैं लाया नहीं। यदि नौकरी मिल गई तो जाकर ले आऊंगा।"

"पहले कहीं सर्विस की है ?"

"सर! रेलवे में।"

"उम्र क्या है ?"

"चौबीस बरस।"

"मेरा विचार है, तुम ठीक हो; लेकिन मेडिकल ज़रूरी है।" कहकर ए॰ सी॰ ने एक चिट लिख दी।

"सर! मेरे ससुर रिटायर्ड जेलर हैं।"

"कहां से ?"

"अफ्रीका से।"

"वेल! तुम भी अंग्रेज़ का वफादार रहना। तुम बहुत जल्दी तरक्की कर जाओगे।" ए॰ सी॰ ने कहा।

"सर! मैं पूरी कोशिश करूंगा।"

"शहर में पठान अधिक हैं, पंजाबी कम हैं। अधिकांश फिल्म-

लाइन में हैं। काम मुश्किल नहीं। तुम सी॰ आई॰ डी॰ क्राइम ब्रांच में काम करोगे। छ: मास ट्रेनिंग होगी।"

"यस सर!"

"जाओ, मेडिकल कराओ।"

मेडिकल मुश्किल न था। बलबीर का स्वास्थ्य बहुत अच्छा था, और वह पुलिस में सब-इंस्पेक्टर-भरती हो गया।

रेलवे के विभाग को उसने इस्तीफा भेज दिया। छ: मास गुज़रने में देर न लगी। ट्रेनिंग सआप्त हो गई और वह पंजाब एण्ड पठान ब्रांच में भरती हो गया।

उसे पुलिस की ओर से धोबीतालाब के इलाके में दो कमरों का फ्लैट भी मिल गया।

एक वर्ष व्यतीत हो गया। इस अरसे में बलबीर ने कुलवन्त को पत्र न लिखा और न ही बताया कि वह कहां है।

युद्ध तेज़ हो गया था। पोलैंड के बाद हॉलैंड, बेल्ज़ियम और फ्रांस हार चुके थे, लेकिन जापान अभी युद्ध में न कूदा था और न ही अमरीका।

नौकरी करते हुए उसे एक वर्ष हो गया, तो उसने पन्द्रह दिन की छुट्टी मांगी, जो उसे मिल गई।

उसने बाज़ार से कुलबीर के लिए खिलौने खरीदे, कुछ कपड़े; लेकिन कुलवन्त के लिए कुछ न खरीदा। फिर इरादा बदलकर एक साड़ी खरीदी और दिल्ली की गाड़ी पर सवार हो गया।

नई दिल्ली स्टेशन की छोटी-सी इमारत से वह सामान लेकर बाहर निकला और सालम तांगा लेकर कुलवन्त की कोठी के लिए रवाना हो गया। गाड़ी शाम के सवा सात बजे पहुंचती थी। वह पौने पाठ बजे कुलवन्त के यहां पहुंच गया।

गोल कमरे में रोशनी थी। इसका मतलब था कि कुलवन्त घर पर थी। उसने खुले दरवाज़े के करीब रुककर सुनना चाहा। भीतर से कुलवन्त और किसी मर्द की आवाज़ें आ रही थीं।

"आज का खाना कहां खाना है?"

"जहां चाहो!"

"कनॉट प्लेस निकट है। डेविको कैसा रहेगा?"

"ठीक है।"

"तो चलो। देर किस बात की है!"

"मैं तैयार हूं।"

और उसी क्षण बलबीर भीतर प्रविष्ट हो गया।

"हैलो!" उसने मुस्कराकर कहा।

"तुम!" कुलवन्त के चेहरे का रंग बदल गया।

"हां, मैं। मुझे देखकर चौंक क्यों गई हो?"

"नहीं···नहीं तो!"

"इनसे मिलवाओ। यह शायद बड़ा डॉक्टर होगा।" बलबीर ने पुरुष को देखा, जो सूरत से सत्ताईस-अट्ठाईस वर्ष का था।

"यह मिस्टर चावला हैं। और यह मेरे पति मिस्टर बलबीर।"

"पति!" चावला ने कहा, "आपसे मिलकर बहुत खुशी हुई।"

"मुझे भी।" बलबीर ने कहा, "मैं सामान रख सकता हूं?"

"क्यों नहीं!"

"मैं डेढ़ वर्ष बाद आया हूं। सोचा, तुम मुझे भूल चुकी की होगी। अन्तिम बार तो कोई और डॉक्टर था, लेकिन यह तो डॉक्टर नहीं!"

"मेरा विचार है, मैं चलता हूं।" चावला ने कहा।

"हां।" कुलवन्त ने कहा।

"शायद मैं गलत समय पर आ गया हूं। आप लोग अभी-अभी डेविको का प्रोग्राम बना रहे थे और मैंने आकर रंग में भंग डाल दिया, क्यों?"

"अच्छा, कुलवन्त!" कहकर चावला उत्तर की प्रतीक्षा किए बिना और बलवीर से हाथ मिलाए बिना चला गया।

"वज़ीर है?" अब बलबीर के स्वर में हुक्म था।

"है।"

"उसे कहो, तांगे से सामान उतार लाए।"

कुलवन्त ने वज़ीर को आवाज़ दी।

"सलाम साहब!"

"कैसे हो वज़ीर?"

"जी, अच्छा हूं।"

"कुलबीर कहां है?"

"उधर खेल रही है।"

"अच्छा, तांगे से सामान उतार लाओ। एक सूटकेस और

एक बिस्तरा है।"

"जी।"

"और उसे छ: आने दे देना। यह लो।"

वज़ीर पैसे लेकर चला गया।

"क्या तुम बैठने को न कहोगी?"

"बैठो-बठो!"

"शायद मेरा इस तरह आना अच्छा नहीं लगा?"

"नहीं, ऐसी बात नहीं। डेढ़ वर्ष बाद मिले हो। कुछ यकीन-सा नहीं आता।"

"तुमने समझा था कि मैं मर गया हूं।"

"नहीं, ऐसी बात नहीं।"

"अभी तो चहक रही थीं, लेकिन अब चुप-चुप हो!"

"डेढ़ वर्ष कहां रहे?"

"एक प्याला चाय मिल सकेगी?"

"क्यों नहीं! आखिर यह तुम्हारा घर है।"

"मेरा घर! मेरी पत्नी! और मेरी बच्ची! सब कुछ मेरा है; लेकिन इसके बावजूद मेरा कुछ नहीं। डेढ़ वर्ष में तुमने जानने की कोशिश की कि मैं कहां हूं?"

"हां; मैंने लुधियाना पत्र लिखा था और वह लौट आया था।"

"धन्यवाद।"

"किस बात का?"

"कि तुमने मुझे याद किया; लेकिन खेद है कि आज नई सूरत देखी है। पिछली बार यह मर्द न था, जिसे मैंने पीटा था।"

"लेकिन तुम कहां रहे? क्या फौज में भरती हो गए थे?"

"नहीं।"

"फिर कहां थे?"

"बताता हूं। डेढ़ वर्ष एक अरसा होता है। चिंता न करो, मैं जेल से नहीं आया हूं।"

"मैंने ऐसा तो नहीं कहा।"

"वज़ीर, चाय पिलाओ।" अब बलबीर हुक्म दे रहा था।

"लाया साहब!"

"और बेबी को लाओ। मैं उसे देखना चाहता हूं। अब तो बातें करती होगी!"

"हां साहब ! बेबी बहुत बातें करती हैं।"

"अच्छा, उसे लाओ।"

कुलबीर आई। बलबीर ने उसे उठा लिया। 'मेरी बच्ची!" लेकिन बच्ची रोने लगी।

"बेटा, हम तुम्हारे डैडी हैं। क्या तुम्हारी मम्मी ने नहीं बताया कि कोई तुम्हारा डैडी भी है?"

लेकिन बच्ची रो रही थी।

"पहली बार किसीसे मिलती है, तो इसी तरह करती है। मुझे दे दो।" कुलवन्त ने कहा।

"हम तुम्हारे लिए बहुत-से खिलौने लाए हैं। अभी देते हैं।" बलबीर ने बच्ची को बढ़ा दिया। सूटकेस खोला और उसमें से खिलौने निकालकर दे दिए, जो चाबी से चलते थे।

"यह लो। इनसे खेलो।" उसने खिलौने कुलबीर को दिए। "और यह तुम्हारी मम्मी के लिए।" कहकर उसने साड़ी बढ़ा दी।

"धन्यवाद।"

"जीवन में पहली बार मैंने तुम्हारे लिए कुछ खरीदा है। शायद तुम्हें पसन्द आए। तुम्हारी पसन्द तो बहुत ऊंची है।"

"ऐसा न कहो। मैं इसे अभी पहनती हूं।"

वज़ीर चाय ले आया और कुलवन्त साड़ी बांधने चली गई। बेबी खिलौनों से बहल गई थी।

वज़ीर बेबी और खिलौने उठाकर ले गया। कुलवन्त साड़ी बांधकर आ गई।

"यह कहां से लाए हो?"

"यह बताओ, पसन्द है?"

"बहुत! कितने की होगी?"

"क्या दाम चुका रही हो?"

"नहीं; मैं तो ऐसे ही पूछ रही थी। काफी कीमती है।"

"हां; एक पार्सल क्लर्क नहीं खरीद सकता।"

"लेकिन तुम रहे कहां? कोई पत्र नहीं, कोई खबर नहीं, और एकाएक आ गए! पत्र लिख देते तो मैं स्टेशन पर लेने आ जाती।"

"फिर अचम्भा कहां रहता?"

"लेकिन रहे कहां?"

"बम्बई।"

"तुम बम्बई चले गए हो?"

"हां।

"वहां क्या फिल्म में काम करते हो?"

"नहीं।"

"फिर?"

"चोरों को पकड़ता हूं।"

"क्या मतलब?"

"मैं बम्बई सिटी पुलिस में सब-इंस्पेक्टर हूं, और सी॰ आई॰ डी॰ में काम करता हूं।"

"सी॰ आई॰ डी॰ इंस्पेक्टर!" कुलवन्त के गले में कुछ फंस गया।

"क्यों, घबरा गई हो?"

"नहीं-नहीं!"

"कुलवन्त, अब मैं तुमसे अधिक तनखाह लेता हूं। शायद तुम्हें जानकर दुःख हो।"

"दुःख! भला दुःख क्यों?"

"इसलिए कि तुम मुझे सदा तुच्छ समझती थीं। विभाग की ओर से एक फ्लैट भी मिला हुआ है।"

"यह सब कैसे हुआ?"

"कोई लम्बी कहानी नहीं। पिछली बार जब मैं यहां आया था तो सुबह का अखबार खोला और पढ़ा कि सी॰ आई॰ डी॰ में सब-इंस्पेक्टर की ज़रूरत है, और पत्र छोड़कर बम्बई चला गया और बिना सिफारिश नौकरी मिल गई। पत्र में भी मैंने यही लिखा था कि जब कुछ बन जाऊंगा तो मिलने आऊंगा। और अब मैं तुमसे अधिक वेतन ले रहा हूं।"

"यह तो खुशी की बात है।"

"अभी ऐसा न कहो। शायद तुम इतनी खुश न हो सको।"

"क्यों?"

"इसलिए कि मैं तुम्हें और कुलबीर को लेने आया हूं।"

"लेने आए हो! यानी सैर कराने के लिए?"

"नहीं, अपने पास रखने के लिए।"

"लेकिन बंबई में तो बहुत एम॰बी॰बी॰एस॰ लड़कियां हैं!

फिर मुझे नौकरी कहां मिलेगी?"

"तो अब तुम्हारे भीतर आत्महीनता की भावना है। तुम तो एल०एस०एम०एफ० को बहुत कुछ समझती थीं। फिर तुम्हें नौकरी करने की ज़रूरत नहीं। मेरी तनखाह में गुज़ारा हो सकता है।"

"खैर, ये बातें फिर करेंगे। मुंह-हाथ धो लो। मैं वज़ीर को कहती हूं कि खाना तैयार करे।"

"खाना तैयार होता रहेगा, लेकिन मैं यह बात साफ करना चाहता हूं। मैं इसीके लिए इतनी दूर से आया हूं।"

"बातें करने के लिए सारी उम्र पड़ी है।"

"लोगों से या मुझसे?"

"अब तुम झगड़े पर आ गए हो।"

"नहीं, बात छोटी-सी है। तुम मेरी पत्नी हो, कुलबीर मेरी बेटी है। और हमें एक घर में रहना चाहिए।"

"लेकिन बम्बई में मुझे नौकरी नहीं मिल सकती।"

"फिर वही बात! मैं कह चुका हूं कि तुम्हें अब नौकरी करने की ज़रूरत नहीं है।"

"मैं नौकरी नहीं छोड़ सकती।"

"मुझे छोड़ सकती हो?"

"मैंने ऐसा तो नहीं कहा।"

"फिर मतलब क्या है? आज तुम जवान हो, लेकिन जवानी कितने वर्ष होती है! कभी बुढ़ापे के बारे में भी सोचा है?"

"बुढ़ापे में भी काम करूंगी।"

"तुम साफ क्यों नहीं कह देतीं कि तुम मुझसे अलग रहना चाहती हो?"

"मैंने ऐसा कभी नहीं सोचा।"

"मैं बम्बई रहूं और तुम दिल्ली रहो। मुझे छुट्टी मिले तो मैं आ जाऊं और तुम्हें छुट्टी मिले तो तुम आ जाओ।"

"लोग फौज में भी तो भरती होकर घर से दूर जा रहे हैं।"

"लेकिन मैं फौज में नहीं हूं।"

"खैर! मैं नौकरी नहीं छोड़ सकती हूं।"

"यह तुम्हारा आखिरी फैसला है?"

"हां।"

"कुलबीर को पिता के प्यार की ज़रूरत नहीं है?"

"वह मैं दे दूंगी। तुम उसे नहीं रख सकते। जब से पैदा हुई है, वह मेरे पास रह रही है।"

"ठीक है; लेकिन अभी वह बच्ची है। जब स्कूल जाएगी और उसकी सहेलियां पूछेंगी, तो वह क्या जवाब देगी?"

"कह देगी, पिता बम्बई में हैं।"

"ठीक है। और जब वह बारह-तेरह वर्ष की हो जाएगी, फिर भी तुम अपनी ज़िन्दगी की धारा न बदलोगी! जिस प्रकार का जीवन तुम बिता रही हो और जिस प्रकार के मर्द यहां आते हैं, वे सब विश्वासपात्र नहीं हैं। उनमें से कोई मर्द उसपर हाथ डाल दे, तो उस सूरत में तुम क्या करोगी?"

"मैं उसे गोली मार दूंगी।"

"बहुत खूब! तुम उसे गोली मार दोगी, स्वयं जेल चली जाओगी, और उसका जीवन अजीर्ण हो जाएगा। लोग उसे ताने देंगे। उसका मज़ाक उड़ाएंगे। उसका जीना दूभर कर देंगे। उस समय उसे कौन बचाएगा? उसे कौन अपने यहां शरण देगा?"

"लेकिन वह दिन आएगा ही क्यों?"

"इसलिए कि तुम्हारे मित्र विश्वासपात्र नहीं।"

"तुम मेरे कैरेक्टर पर संदेह करते हो?"

"न करने की कौन-सी वजह है? तुम जवान हो, सुन्दर हो, तुम्हारे मित्र हैं, फिर संदेह न करने की क्या गुंजाइश है?"

"कुलबीर मेरे पास रहेगी।"

"यह तुम्हारा अन्तिम फैसला है?"

"हां।"

"इसका मतलब है, हमारी राहें अलग हैं। मैं तुम्हारा पति नहीं और तुम मुझे इस घर में देखना नहीं चाहतीं।"

"यह तुम सोच सकते हो।"

"तुम जानती हो कि अब मैं पुलिस अफसर हूं।"

"क्या धमकी दे रहे हो?"

"ज़रूरत पड़ी तो कानून को मोड़ भी सकता हूं।"

"मुझपर इस धमकी का कोई असर नहीं।"

"मैं असर नहीं डाल रहा हूं, तुम्हें समझा रहा हूं।"

"मैं सुपरिण्टेण्डेण्ट पुलिस को जानती हूं।"

"मैं कानून भंग नहीं कर रहा हूं, इसलिए एस॰ पी॰ मेरा कुछ नहीं बिगाड़ सकता। फिर पुलिस अफसर पुलिस अफसर की मदद करेगा।"

"यह तुम्हारा भ्रम है। तुम नौकरी से हाथ धो सकते हो।"

बलबीर हंस पड़ा।

"इसमें हंसने की कौन-सी बात है?"

"यही कि तुम मेरी पत्नी नहीं रहना चाहतीं। तुम स्वतन्त्र रहना चाहती हो। और मैं तुम्हें स्वतन्त्र करता हूं। आज के बाद हम पति-पत्नी नहीं। मैं अपना सामान ले जा रहा हूं और होटल में ठहरूंगा।"

कुलवन्त चुप रही। वह यही चाहती थी।

"वज़ीर!" बलबीर ने पुकारा।

वज़ीर आ गया।

"एक तांगा लाओ।"

"जी?"

"हां; मैं जा रहा हूं।"

"लेकिन साहब! आप डेढ़ वर्ष बाद आए हैं, और अभी जा रहे हैं!"

'वज़ीर, साहब का हुक्म मानो।" कुलवन्त ने कहा।

"जी मेम साहब!" और वह तांगा लेने चला गया।

"कुलवन्त, अभी तुम जवान हो। अभी तुमको मेरी ज़रूरत नहीं; लेकिन याद रखना, एक दिन मेरे पास आओगी, और उस समय देर हो चुकी होगी। मैं दूसरा ब्याह कर रहा हूं और तुम भी रोज़ नई शादी की जगह एक ब्याह कर डालो।"

"मैं अपने बारे में बेहतर जानती हूं।"

"वह मैं जानता हूं।"

बलबीर सामान बांधने लगा। पांच मिनट में तांगा आ गया। वज़ीर ने सामान तांगे में रख दिया।

"अच्छा कुलवन्त, खुश रहो। हम जीवन में एक बार अवश्य मिलेंगे।" बलबीर ने कहा।

"मैं तो अब भी नहीं चाहती कि तुम जाओ।"

"अभी कोई कसर बाकी है!"

"तुम सदा के लिए जा रहे हो?"

"हां।"

"कुलबीर से न मिलोगे?"

"इसकी ज़रूरत नहीं। फिर वह मुझे जानती ही कहां है!" कहकर बलबीर घर से निकल गया।

तांगा चला गया, लेकिन वज़ीर खड़ा रहा।

"तुम क्या सोच रहे हो?"

"मेम साहब, मैं कल से नौकरी छोड़ रहा हूं।"

"क्यों?"

"यूं ही।"

"कुलबीर तुमसे बहुत घुलमिल गई है। वह तुम्हारे बिना उदास हो जाएगी।" कुलवन्त का गला रुंध गया।

"मेम साहब! हर बात की हद होती है। आपको आया मिल सकती हैं, नौकर मिल सकते हैं, लेकिन मैं यह सब कुछ नहीं देख सकता।"

"क्या नहीं देख सकते? यदि तनखाह कम है तो बढ़ा देती हूं।"

"ऐसी बात नहीं मेम साहब!"

"फिर कुलबीर का क्या होगा?"

"वह आप जानें।"

"तो तुम भी साथ छोड़ रहे हो?"

"क्या करूं, विवशता है।"

"तो उस समय तक रुक जाओ, जब तक नया नौकर नहीं मिल जाता।"

"वह मैं कल ही तलाश कर लूंगा।"

"तो जाओ, मुझे किसीकी परवाह नहीं।"

"जी।" कहकर वज़ीर रसोईघर में चला गया। उसकी आंखों में आंसू थे।

कुलबीर भी रोने लगी।

केवल कुलवन्त की आंखों में आंसू न थे।

11

बलबीर ने दूसरा ब्याह कर लिया और प्यार के बन्धन को तोड़ डाला। कुलवन्त अपनी जगह खुश थी। हर रोज़ नया मित्र

मिल जाता।

और जब मैं मोना दीदी के साथ उसे सिनेमाघर में मिला तो उसके साथ मित्र थे।

समय व्यतीत होता रहा। युद्ध सआप्त हो गया। बलबीर सब-इंस्पेक्टर से डिप्टी-इंस्पेक्टर बना और डिप्टी-इंस्पेक्टर से इंस्पेक्टर बन गया; लेकिन कुलवन्त वही थी—एक एल॰ एस॰ एम॰ एफ॰। डिस्पेंसरी की इंचार्ज। हां; अब उसका वेतन तीन सौ रुपये मासिक हो गया था।

मैं कनॉट प्लेस में एक रेस्टोरेंट का मालिक था। एक दिन एक फौजी अफसर आया।

"अरे तुम! कैप्टेन जसवन्त!"

"हां।"

हम गले मिले। जसवन्त स्कूल में मेरे साथ पढ़ता था और उसने लड़ाई लड़ी थी।

"खाना खाओगे?" मैंने पूछा।

"समय तो है।"

मैंने बैरे को बुलाकर मुर्गा और नॉन का ऑर्डर दिया और हम बातें करते रहे।

"मेरा पता कैसे चला?"

"रामपाल ने बताया।"

"हां, वह भी शाम को आता है। तुम्हें कहां मिला?"

"लुधियाना में मिला था···हां; हरपाल मिला?"

"वह भी यहीं है। एक ट्रक का मालिक है। लड़ाई में काफी रुपया कआया है। ठाठ से रहता है। शाम को चाय पीने आता है। स्कूल के साथियों में से मदन भी आता है।"

"मदन कौन?"

"वही, जो क्रिकेट का खिलाड़ी था। अब सरकारी नौकर है; लेकिन नौकरी के साथ-साथ शाम को एल॰-एल॰ बी॰ में पढ़ रहा है।"

"इसका मतलब है, सब दोस्त मज़े में हैं!"

"जंग ने नक्शा ही बदल दिया।"

"तमाम दिन रेस्टोरेंट में बैठते हो?"

"मैनेजर है। कहो, क्या काम है?"

"काम इस समय नहीं, शाम को है।"

"शाम को तो व्हिस्की पी जा सकती है।"

"वह तो पीएंगे, लेकिन किसीके घर। तुम लोकल आदमी हो, इसलिए मेरे साथ चलना।"

"कोई महिला है?" मैंने हंसकर कहा।

"ठीक अनुमान लगाया।"

"कब से जानते हो?"

"आज पहली बार मिल रहा हूं, इसीलिए तुम्हें साथ ले जाना चाहता हूं। एक और एक ग्यारह।"

"कहां मिली थी?"

"आज पहली बार मिलूंगा। एक साथी कैप्टेन ने उसका पता बताया है।"

"ओह, तो इसका मतलब है, वह चालू है!"

"लेकिन ऊंची सोसाइटी में।"

"फिर चलेंगे।"

"कार है?"

"है 1936 का शैवरलेट मॉडल। लड़ाई के दिनों में तो कारें आई ही नहीं।"

"कार होनी चाहिए, मॉडल की चिन्ता न करो।"

"वह देवी कार की शौकीन है?"

"अरे, रोब तो डालना चाहिए।"

"फिर ठीक है।"

दिन-भर जसवन्त फौजी कारनामे सुनाता रहा। शाम को रामपाल, मदन और कान्त आ गए। फिर चाय के साथ जंग और स्कूल की बातें होती रहीं।

सात बजे तो जसवन्त ने कहा, "अब चलना चाहिए।"

"साथ में कुछ लेना है?"

"क्या मतलब?"

"शाम के समय किस चीज़ की ज़रूरत होती है?"

"तुम्हारा मतलब व्हिस्की से है!"

"दिन में तुमने कहा था। शराब की एक दुकान का मालिक मेरा परिचित है। यूं तो स्कॉच व्हिस्की मिलना बहुत मुश्किल है, लेकिन वह मुझे इनकार नहीं करता। जब स्टॉक आता है तो

मुझे सूचित कर देता है।"

"क्या कीमत है?"

"जानी वाकर सत्रह रुपये में मिलेगी।"

"जानते हो, फौज में केवल छ: रुपये नौ आने की मिलती है!"

"फौज की बात दूसरी है।"

हमने एक बोतल स्कॉच खरीदी और कार जसवन्त चलाने लगा। मैं उसे रास्ता बताता रहा। कुलवन्त का घर दूर न था। और हम वहां पहुंच गए।

दरवाज़े पर कॉलबेल थी। हमने उसे दबाया और नौकर ने दरवाज़ा खोला।

"मेम साहब हैं?"

"जी हां। आपका नाम?"

"कैप्टेन जसवन्त।"

"जरा ठहरिए।" कहकर नौकर चला गया।

"नौकर तेज़ है।" जसवन्त ने हंसकर कहा।

"देखते हैं।" मैं मुस्करा दिया।

दो मिनट बाद नौकर आ गया।

"आ जाइए।"

ड्राइंगरूम में कुलवन्त सोफे पर बैठी थी। हम बेधड़क भीतर चले गए।

"मैं कैप्टेन जसवन्त हूं और यह मेरे मित्र हैं। मुझे आपका पता कैप्टेन यादव ने दिया था कि दिल्ली जाऊं तो आपसे अवश्य मिलूं।"

"आपसे मिलकर खुशी हुई। बैठिए।"

हम बैठ गए। व्हिस्की की बोतल कागज़ में लिपटी हुई थी, और वह जसवन्त के हाथ में थी।

"क्या हाल है कैप्टेन यादव का?" कुलवन्त ने प्रश्न किया।

"मज़े में है। हम एक ही बटालियन में हैं। उसने आपकी बहुत प्रशंसा की थी।"

"मैं किस योग्य हूं!"

"आप व्यस्त तो नहीं?"

"नहीं। मेरी शाम खाली है।" कुलवन्त ने कहा। फिर वह

मुझसे सम्बोधित हुई, "क्या आप भी फौज में हैं?"

"जी नहीं। मैं एक रेस्टोरेंट का मालिक हूं।" कहकर मैंने रेस्टोरेंट का नाम बताया।

"मैंने वहां एक बार खाना खाया है।"

मैं पूछना चाहता था कि किसके साथ, लेकिन चुप रहा।

"जंग समाप्त कर आए?"

"जी हां।"

सेना को छोड़ने का इरादा है या सेना में रहकर जीवन काटना है?" कुलवन्त ने प्रश्न किया।

"जी नहीं; सेना में ही रहना है। सेना को जो छोड़ेंगे, उन सबको सिविल में नौकरी नहीं मिलेगी। फिर मेरे डैडी कर्नल हैं। दादा भी सेना में थे।"

"आप कौन-से मोर्चे पर रहे?"

"बर्मा फ्रंट पर।"

"वहां तो जापानियों से बड़ी सख्त लड़ाई हुई!"

"जी हां; जापानी बहुत अच्छा लड़ते हैं। यदि एटम बम न गिराए जाते तो वे दो वर्ष और लड़ सकते थे। खैर, छोड़िए सेना को और युद्ध को, मैं शान्ति की बातें करना चाहता हूं।"

"यहां तो शान्ति ही शान्ति है।"

"क्या गिलास मिल सकेंगे?" जसवन्त ने कहा।

"ज़रूर।" कहकर कुलवन्त ने नौकर को बुलाया और दो गिलास लाने का आदेश दिया।

"दो क्यों? क्या आप साथ न देंगी?"

"जी नहीं, मैं व्हिस्की नहीं पीती।"

'तुम तो मर्द पीती हो!' मैंने मन ही मन में कहा।

गिलास और सोडे आ गए।

"खाने के लिए क्या मंगाऊं?"

"खाना तो इकट्ठे खाएंगे।"

"व्हिस्की के साथ कुछ नमकीन?" कुलवन्त ने कहा।

"जी हां; पकौड़े बनवा दीजिए, यदि कष्ट न हो तो।" मैं बोल पड़ा।

"कष्ट कैसा!" कुलवन्त ने नौकर को आवाज़ दी। वह आया तो उसे पकौड़े बनाने का हुक्म दिया।

व्हिस्की का दौर शुरू हो गया।

"कैप्टेन यादव ने जितनी प्रशंसा की थी, आप उससे अधिक ही निकलीं।" जसवन्त ने कहा।

"यह आपका बड़प्पन है। फिर अतिथि की आवभगत करना तो इस देश की परम्परा है।"

मैं देश की परम्परा पर मुस्करा दिया।

एक घण्टा व्हिस्की का दौर चलता रहा। मैं एक दर्शक था। कुलवन्त बड़े सोफे पर बैठी थी और हम कुर्सियों पर बैठे थे। एक घण्टा बाद जब हमने तीन-तीन पैग पी लिए तो जसवन्त उठा और उठकर कुलवन्त के साथ बैठ गया। कुलवन्त ने बुरा न माना।

"खाना कहां खाएंगे?" जसवन्त ने प्रश्न किया।

"मेरे रेस्टोरेंट में।" मैंने कहा।

"जी नहीं; मैं डेविको पसन्द करती हूं।"

मुझे गुस्सा आ गया। 'डेविको' में हमारे रेस्टोरेंट से बेहतर खाना न मिलता था, लेकिन पैसे का प्रदर्शन करने के लिए डेविको सर्वोत्तम जगह थी। और कुलवन्त जानती थी कि वह कीमत वसूल कर सकती थी।

"कितने बजे खाना खाती हैं?" जसवन्त ने पूछा।

"दस बजे।"

"क्या वहां बार है?" जसवन्त ने प्रश्न किया।

"है।" मैंने उत्तर दिया।

"बस, तो वहां ही चलते हैं। यह बोतल यहां छोड़ देते हैं। मैं अभी तीन-चार दिन ठहर रहा हूं, फिर पी लूंगा। आइए, चलें।"

"पैदल?" कुलवन्त ने प्रश्न किया।

"मेरी कार हाज़िर है।" मैं बोल पड़ा।

"फिर ठीक है।" कुलवन्त बोली।

हमने गिलास खाली किए और खड़े हो गए। कुलवन्त ने नौकर को बुलाया। वह आया तो उसे कहा कि बेबी को खाना खिलाकर सुला दे। वह देर से लौटेगी।

नौकर सब समझता था।

हम बाहर निकले।

"गाड़ी तुम चलाओ।" जसवन्त ने कहा।

"बेहतर।"

वे दोनों पिछली सीट पर बैठ गए और ऐसा लगा, जैसे मैं उनका ड्राइवर हूं। मुझे क्रोध तो आया, लेकिन दोस्ती की खातिर बहुत कुछ करना पड़ता है।

"सीधे डेविको चलूं या कुछ सड़कों पर गाड़ी चलाता रहूं?" मैंने जसवन्त से पूछा।

"ऐसी क्या जल्दी है! अभी तो रात उतरी भी नहीं!" कुलवन्त ने कहा।

"बेहतर।" मैंने गाड़ी इंडिया गेट की ओर मोड़ दी। मैं कार चलाता रहा, लेकिन जानता था कि जसवन्त और कुलवन्त एक-दूसरे से जुड़कर बैठे हैं और जसवन्त का बाजू कुलवन्त की कमर के गिर्द था। मैं खाली सड़क पर कार चलाता रहा।

"बस करो। अब डेविको चलते हैं। जो पी थी, उसका नशा तो खत्म हो गया है।" जसवन्त ने कहा।

"हूं!" मैंने कार डेविको की ओर मोड़ दी। रेस्टोरेंट में प्रविष्ट हुए तो देखा कि पूरा रेस्टोरेंट सिगरेट के धुएं से भरा हुआ है।

हम रेस्टोरेंट का निरीक्षण कर रहे थे कि बटलर आ गया।

"गुड ईवनिंग डॉक्टर!"

"गुड ईवनिंग।" कुलवन्त ने कहा, "कोई मेज़ खाली है?"

"आपकी मेज़ आपकी प्रतीक्षा कर रही है।" बटलर ने कहा।

"ठीक है।" कुलवन्त ने कहा और आगे बढ़ गई। मैं समझ गया कि वह तमाम स्टाफ को जानती है।

हम बैठ गए। बटलर आ गया।

"दो लार्ज स्कॉच!" जसवन्त ने ऑर्डर दिया, "और मेम साहब से पूछो कि यह क्या खाएंगी।"

"वह मैं जानता हूं।" बटलर ने कहा और चला गया।

"डॉक्टर! क्या आप विवाहिता हैं?" मैंने प्रश्न किया।

"क्या सवाल है! सुना नहीं था, जब घर से चले थे तो नौकर से कहा था, बेबी को सुला देना!" जसवन्त ने कहा।

"आपके पति क्या काम करते हैं?" मैं जानना चाहता था।

"बम्बई सिटी पुलिस में है।" कुलवन्त ने उत्तर दिया।

"आप उनके साथ क्यों नहीं रहती हैं?"

"उसने दूसरा ब्याह कर लिया है।"

"क्या मतलब? आप जैसी सुन्दर स्त्री को छोड़ दिया! क्या दूसरी पत्नी आपसे अधिक सुन्दर है?"

"मैंने उसे देखा नहीं।"

"लेकिन अलग क्यों हो गए?"

"मेरा जन्म ब्रिटिश अफ्रीका का है। वहां मेरे डैडी जेलर थे। वह देश बहुत स्वतन्त्र विचारों का था। मेरे पति को टाई बांधना भी नहीं आता था, यद्यपि बी॰ ए॰ था। और मेरी सिफारिश पर उसे तीस रुपये मासिक की नौकरी मिली, जबकि मैं नब्बे रुपये मासिक कमा रही थी।"

"तो आपने ब्याह नहीं किया था, बल्कि सौदा किया था। वैसे आप प्यार की परिभाषा जानती हैं?"

"क्यों नहीं!"

"आपने पति को छोड़ा या पति ने आपको छोड़ा?"

"मैंने।"

"ताकि आप स्वतन्त्र जीवन व्यतीत कर सकें।"

"मैं स्त्री को पांव की जूती नहीं समझती हूं।"

"कभी बूढ़ापे के बारे में भी सोचा है?"

"कभी नहीं। जब बूढ़ापा आएगा तो देखा जाएगा। अभी मैं जीवन को जीवन बनाना चाहती हूं।"

"बहुत अच्छा दृष्टिकोण है आपका!"

"आपको पसन्द नहीं?"

"मैं ब्याह को प्यार समझता हूं, व्यापार नहीं।" मैंने कटु स्वर में कहा।

"आप क्या समझते हैं, वह मैं नहीं जानती, न ही मुझे आपकी सलाह की ज़रूरत है।" कुलवन्त को भी क्रोध आ गया।

"आप ज़िला लुधियाना की रहने वाली हैं?"

"आपने कैसे अनुमान लगाया?"

"यूं ही।" अब मैं संभल गया। मैं उसे बताना न चाहता था कि वह मेरे ही गांव की है, लेकिन मैं समझ गया कि वह रामसिंह जेलर की लड़की है और मोना दीदी की सहेली है, और हम सिनेमा हॉल में मिल चुके हैं।

"क्या आप भी ज़िला लुधियाना के हैं?"

"जी हां।"

"कौन-सा गांव है?"

"गांव का नहीं, शहर का रहने वाला हूं।"

"लेकिन आपने अनुमान कैसे लगाया?"

"सतर्क बुद्धि।"

"क्या आप ज्योतिष जानते हैं?"

"जी नहीं; मुझे ज्योतिष पर विश्वास नहीं।"

"क्या विषय शुरू कर दिया है! व्हिस्की पीजिए।" जसवन्त को बोलना पड़ा।

"वह तो पी रहा हूं।"

"आप साड़ी खूब बांधती हैं!" जसवन्त ने कहा।

"मुझसे बेहतर साड़ी कोई नहीं बांध सकती। औरतें मेरी नकल करती हैं, लेकिन कर नहीं पातीं।"

"वह मैंने देखा है, और इसकी प्रशंसा करता हूं।" जसवन्त ने वातावरण की कटुता को कम करना चाहा। वह अपनी शाम वीरान न करना चाहता था। उसे कुलवन्त के जीवन से कोई लगाव न था, वह सिर्फ उसका शरीर प्राप्त करना चाहता था।

मैं चुप हो गया और उनकी बातें सुनता रहा। साथ-साथ व्हिस्की पीता रहा।

दस बजे खाने का ऑर्डर दिया। कुलवन्त ने सबसे महंगी चीज़ें मंगाईं, जो वह अपनी तनखाह में खरीद न सकती थी। आखिर वह अपनी कीमत जानती थी। जसवन्त पैसे लुटाने के मूड में था, फिर मेरे बोलने की गुंजाइश ही कहां थी! और यूं भी कबाब में हड्डी न बनना चाहता था, लेकिन मेरे अन्दर गुस्सा था, क्योंकि कुलवन्त मेरे ही गांव की रहने वाली थी। जेलर और पिताजी में घनिष्ठ मित्रता थी।

खाना समाप्त हुआ तो वेटर बिल लाया। वह बिल रखकर, बर्तन उठाकर चला गया।

"कितना टिप दे रहे हो?" कुलवन्त ने पूछा।

"एक रुपया।" जसवन्त ने कहा।

"नहीं, दो रुपये वेटर को और पांच रुपये बटलर को।" कुलवन्त ने कहा।

यह बहुत अधिक था, लेकिन मैं चुप रहा। कुलवन्त हर

किसीसे इतनी ही टिप दिलाती होगी, तभी तो जब हम दाखिल हुए थे तो बटलर ने उसे सलाम किया था।

टिप देकर हम रेस्टोरेंट से निकले। यद्यपि जसवन्त मेरा अतिथि था और बिल मुझे चुकाना चाहिए था; लेकिन यह मैं उस सूरत में करता, यदि कुलवन्त न होती।

"अब क्या प्रोग्राम है?" मैंने प्रश्न किया।

"कुलवन्त, आप बताइए।" जसवन्त ने पूछा।

"आप दोनों मेरे यहां रात बिता सकते हैं।" कुलवन्त ने बेझिझक कहा।

"मैं तो क्षमा चाहता हूं।" मैंने कहा।

"क्यों?" जसवन्त ने प्रश्न किया।

"मैं इस दुनिया से बहुत दूर हूं।" मैंने कहा।

"फिर सोच लो!" जसवन्त ने कहा।

"मेरा विचार है, यह औरतों से डरते हैं।" कुलवन्त ने हंसकर कहा।

"ऐसी बात तो नहीं।" मैंने कहा।

"फिर इनकार क्यों कर रहे हो?" जसवन्त बोला।

"फिर कभी सही। हां, मैं आपको छोड़ सकता हूं और इसके बाद अपने रेस्टोरेंट में जाकर काम करूंगा।"

"जैसी तुम्हारी मर्ज़ी।"

अब फिर मैंने शोफर का कर्तव्य पूरा किया। कुलवन्त की कोठी पर उन्हें उतार दिया।

"रेस्टोरेंट बन्द करके आ जाना।" जसवन्त ने कहा।

"नहीं।"

"तुम्हारी मर्ज़ी।"

"अच्छा डॉक्टर कुलवन्त, फिर कभी भेंट होगी।"

"ज़रूर। गरीब खाना हाज़िर है।" कुलवन्त ने उत्तर दिया।

'गुड नाइट!" मैंने कहा और कार में बैठ गया। वे कोठी के भीतर चले गए।

अब किसे विश्वास था कि बीस वर्ष बाद दिल्ली में सैकड़ों कॉलगर्ल होंगी?

अगले दिन जसवन्त आ गया।

"रात कैसी कटी?" मैंने मुस्कराकर पूछा।

"बहुत रंगीन! ऐसी औरत मैंने आज तक नहीं देखी, लेकिन तुम क्यों चले आए थे?"

"एक कारण था।"

"क्या?"

"कुलवन्त मेरे गांव की है। मैं उसके डैडी को चाचा कहता हूं, और वह मेरी बहन की सहेली है।"

"ओह भगवान! तो यह बात थी!"

"डॉक्टर ने कितने रुपये लिए?"

"एक पैसा नहीं।"

"आश्चर्य है!"

"उसे केवल कार में घूमने और डेविको में खाना खाने का शौक है।"

"अच्छे शौक हैं!"

"मुझे ऐसे ही शौक रखने वाली की ज़रूरत है।"

"इसका मतलब है, आज शाम फिर जा रहे हो!"

"हां;आज शाम, और जब तक इस शहर में हूं।"

"सौदा बुरा नहीं। एक खाने के बदले ऐसी औरत मिले तो क्या बुरा है!"

"बिलकुल! लेकिन शाम को साथ चलोगे?"

"अब मेरी क्या ज़रूरत है?"

"तुमसे अधिक तुम्हारी कार की ज़रूरत है।"

"वह तुम ले जा सकते हो।"

"धन्यवाद।"

"धन्यवाद की ज़रूरत नहीं। तुम मेरे मेहमान हो।"

और बात खत्म हो गई। जसवन्त चार दिन और रहा। हर शाम वह मेरी कार ले जाता और रात कुलवन्त के यहां व्यतीत करता।

12

चार वर्ष उपरान्त अर्थात् 1949 में कुलवन्त से फिर मेरी भेंट हो गई। मेरी नई-नई शादी हुई थी, जिसमें जसवन्त ने हिस्सा न लिया था।

हां, जसवन्त ने अपनी शादी पर बुलाया। मेरे अतिरिक्त स्कूल का एक और मित्र था हरपाल।

मैं पत्नी के साथ पटियाला गया।

जसवन्त के पिता कर्नल थे और उनकी बहुत बड़ी कोठी थी। तमाम सम्बन्धी जागीरदार थे। मैं देखकर हैरान रह गया। इस ब्याह में कुलवन्त भी सम्मिलित थी। मैं जसवन्त के साहस की दाद दिए बिना न रह सका। न मालूम उसने पिता से क्या कहा होगा!

मैंने जसवन्त की पत्नी को कीमती साड़ी उपहार में दी। कुलवन्त ने मुझे देखा। जसवन्त ने मेरा और मेरी पत्नी का परिचय कराया। कुलवन्त मेरी पत्नी की मित्र बन गई। मेरी पत्नी की टांग पर फोड़ा निकला हुआ था, जो नासूर बन गया था। इस नासूर की चीराफाड़ी भी कुलवन्त ने की और दवा लगा दी।

"मैंने तुम्हारे पति को कहीं देखा है।" कुलवन्त ने मेरी पत्नी से कहा।

"आप कहां से आई हैं?"

"मैं दिल्ली में रहती हूं।"

"यह भी दिल्ली के रहने वाले हैं; बल्कि इनका जन्म दिल्ली में हुआ है।"

"क्या काम करते हैं?"

"व्यापार है।"

"शायद कभी इन्हें देखा हो।"

"हो सकता है।"

लेकिन स्त्रियों में जलन की भावना अधिक होती है।

"आप अकेली आई हैं?"

"हां।"

"पति कहां है?"

"वह बम्बई सिटी पुलिस में है।"

"और आप दिल्ली रहती हैं!"

"हां।"

"अजीब बात है!"

"बात यह है कि मेरे पति ने दूसरा ब्याह कर लिया है।"

"जसवन्त से रिश्तेदारी है?"

"नहीं, यह मेरा मित्र है।"

"अश्चर्य है। एक कुंआरे की मित्र किस तरह की हो सकती है।"

"क्यों, दोस्ती तो दोस्ती है। इसमें शादी या कुंआरेपन का सवाल कहां से आ गया!"

"आप बहुत स्वतन्त्र विचारों वाली हैं।"

"मैं ऐसे देश में पैदा हुई, जहां मर्द और औरत में दोस्ती हो सकती है।"

नासूर पर मरहम लगा दी गई थी, लेकिन मेरी पत्नी बहुत सुन्दर थी और कुलवन्त उससे मित्रता बढ़ाना चाहती थी। इधर मेरी पत्नी स्वतन्त्र विचार वाली न थी। वह मेरे अतीत को जानती थी। वह जानती थी कि विवाह से पहले मेरे जीवन में कई लड़कियां आई थीं, इसलिए ईर्ष्या ने फन उभारा।

कैप्टेन जसवन्त और उसके पिता यानी कर्नल ने अतिथियों के लिए सौ बोतल स्कॉच का प्रबन्ध किया था। व्हिस्की पानी की भांति बह रही थी। फिर पटियाला के सरदार कोई भी एक बोतल से कम न पीता था।

एक जागीरदार अपने साथ अपनी पत्नी लाया था, और उसके साथ दासी भी थी। दासी सरदारनी को स्नान कराती थी, और वह स्नान आध घण्टे का होता था। जब वह स्नान करके निकलती तो तमाम महिलाएं एक-एक करके गुसलखाने में जाती थीं। गुसलखाना सेंट और इत्र की महक से भरा होता था।

मर्द सारा दिन शराब पीते थे। उनमें मैं भी था। हवेली पुराने ढंग की थी, लेकिन हर कमरे में क़ालीन थे। तोप के गोले। उनके खोल की सुन्दर ऐश-ट्रे बनी थीं, या फूलदान का काम देते थे। आधा दर्जन के लगभग राइफल और बन्दूकें थीं। तलवारों की तो गिनती ही न थी। कुछ तलवारें ऐतिहासिक महत्त्व रखती थीं और सौ वर्ष पुरानी थीं। यानी उस समय की थीं, जब पंजाब में रंजीतसिंह का राज्य था।

हवेली थी कि अच्छा-भला किला था, जहां किसीको तलाश करना कठिन था। प्रत्येक पति अपनी पत्नी को तलाश करता

और पत्नी पति को तलाश करती थी।

मैं व्हिस्की पी रहा था और फ्लैश खेल रहा था।

मेरी पत्नी ने मुझे तलाश कर लिया। मैं उठकर मिलने गया।

"छत पर चलिए। यहां तो बात नहीं हो सकती।" पत्नी ने कहा।

मैंने उसके तेवर देखे, जो बिगड़े हुए थे, जैसे उसका किसीसे झगड़ा हो गया था।

हम छत पर चले गए।

"कहो, क्या खास बात है?" मैंने कहा।

"बहुत ज़रूरी बात है।"

"तो कह डालो।"

"मेहमानों में एक लेडी डॉक्टर है, जिसका नाम कुलवन्त है, और वह दिल्ली से आई है।"

"ज़रूर आई होगी।"

"क्या आप उसे जानते हैं?"

"नहीं।"

"आप झूठ बोल रहे हैं। वह जसवन्त की दोस्त है और आप जसवन्त के दोस्त हैं।"

"तो इसमें क्या अन्तर है! मैं यहां जसवन्त के अतिरिक्त किसीको नहीं जानता था। अब कुछ लोगों से परिचय हुआ है। वह भी इसलिए कि मेरे पास सिगरेट हैं, और वे सिगरेट छुपकर पीते हैं।"

"वह सब छोडिए। आप स्पष्ट शब्दों में बताइए कि आप डॉक्टर को जानते हैं?"

"केवल एक बार मिला हूं।"

"और उसके यहां रात भी बिताई है?"

"नहीं।"

"मैं नहीं मानती।"

"मालती, तुम हठ कर रही हो। यदि मैं उससे मिला भी हूं तो ब्याह से पहले मिला हूं। तुम्हारी भेंट कैसे हुई?"

"उसने मेरे नासूर को चीरकर मरहम-पट्टी की है।"

"तो उसका धन्यवाद कर दो।"

"वह तो कर दिया है, लेकिन वह कहती है कि वह आपको जानती है। वह जानना चाहती थी कि हम कहां के रहने वाले है।"

"तुमने क्या उत्तर दिया?"

"मैंने कहा, हम दिल्ली के रहने वाले हैं।"

"ठीक उत्तर दिया।"

"लेकिन मैं इस उत्तर से संतुष्ट नहीं हूं।"

"तुम संदेह करती हो?"

"क्यों न करूं! लेडी डॉक्टर कुलटा है।"

"होगी। हमें क्या लेना!"

"जसवन्त के साहस की दाद देती हूं कि अपनी शादी पर उसे बुलाया।"

"जसवन्त बेहतर जानता है। वह स्वतन्त्र विचार का है। वह तो अपनी पत्नी को भी बता देगा कि कुलवन्त उसकी मित्र है।"

"और वह बुरा न मानेगी?"

"शायद तुम नहीं जानतीं कि जसवन्त लव मैरिज कर रहा है। उसकी भावी पत्नी उसके साथ कॉलेज में पढ़ा करती थी, और एक लेफ्टीनेण्ट कर्नल की बेटी है।"

"लेकिन मैं कुलवन्त को सहन नहीं कर सकती।"

"वह हमारी मेहमान नहीं है। हमारी भांति वह भी जसवन्त की मेहमान है। हम आपत्ति कैसे कर सकते हैं! फिर उसने तो तुम्हारे साथ भलाई की है। तुम्हारा इलाज किया है। इस नासूर ने तुम्हें कितने दिन से परेशान कर रखा था!"

"मैं अपना इलाज करा सकती थी। मुझे उसकी आवश्यकता नहीं।"

"अब तुम चाहती क्या हो?"

"सच बताइए, आपके ब्याह से पहले उसके साथ अनैतिक सम्बन्ध थे या नहीं?"

"मैंने कहा कि केवल एक बार मिला हूं, और वह भी जसवन्त के साथ। वह कहानी मैं फिर सुनाऊंगा। कुलवन्त मेरे बारे में केवल इतना कह सकती है कि उसने मुझे देखा है। इससे अधिक नहीं। यदि तुम्हें वह पसन्द नहीं तो उससे दूर रहो।"।

"दूर कहां, मैं आज और अभी यहां से जाना चाहती हूं।"

"क्यों ?"

"मुझे कुलवन्त से चिढ़ है।"

"पागल न बनो। कल बारात जा रही है, और हम परसों लौटेंगे और परसों ही चले जाएंगे। इतनी दूर से आए हैं। इस तरह जाना उचित नहीं।"

"फिर मैं अकेली चली जाती हूं।"

"यह तुम्हारा पागलपन है।"

"तो सच बताइए, क्या आप उसे जानते हैं? और उसके साथ सम्पर्क है ?"

"मैंने कहा है कि कुलवन्त मेरे बारे में कुछ नहीं जानती। मैं उसके बारे में बहुत कुछ जानता हूं।"

"वह कैसे ?"

"तुम कुलवन्त से न कहना। कुलवन्त हमारे गांव की लड़की है। उसका पिता पूर्वी अफ्रीका में जेलर था, और मेरे पिताजी का घनिष्ठ मित्र है। वह नहीं जानती कि हम एक ही गांव के रहने वाले हैं और वह मेरी दीदी की सहेली है। और न ही तुम उसे बताना कि हम कौन-से गांव के रहने वाले हैं।"

"क्यों न बताऊं ?"

"कुछ बातें रहस्यपूर्ण होनी चाहिएं। शरीफ लोग कीचड़ से दूर रहते हैं। वे किसी के जीवन में दखल नहीं देते, और हम शरीफ हैं, याद रखो।"

"मुझे यह जागीरदार कदापि पसन्द नहीं।"

"हमें इनसे क्या लेना है! परसों डोली आएगी और हम चले जाएंगे।"

"कुलवन्त के साथ उसका पति नहीं आया ?"

"इसलिए कि उसका कोई पति नहीं।"

"फिर बच्चा किसका है ?"

"कुलवन्त ने पति को छोड़ दिया है।"

"तो यह बात है! अब वह सोसाइटी गर्ल है!"

"ऐसा नहीं कहते।"

"क्यों न कहूं ? मुझे यह वातावरण पसन्द नहीं।"

"हम यहां स्थायी रूप से रहने नहीं आए हैं।"

"लेकिन ये दो दिन गुज़ारना भी कठिन है।"

"क्यों ?"

"मैं कुलवन्त से दूर रहना चाहती हूं, लेकिन वह मुझे तलाश कर लेती है और अधिक समय मेरे साथ बिताती है।"

"इसके दो कारण हैं।"

"कौन-कौन-से ?"

"एक तो यह कि जसवन्त की बहन के अतिरिक्त किसी भी औरत या लड़की ने कॉलेज नहीं देखा, और तुमने देखा है।"

"दूसरी वजह ?"

"यह कि तुम सुन्दर हो।"

"इसलिए वह मुझे मित्र बनाना चाहती है !"

"घबराओ नहीं, यह दोस्ती परसों तक की है। फिर हम कहां और कुलवन्त कहां ! और हां, फिर उससे मत कहना कि वह हमारे गांव की है, वरना उसकी किरकिरी हो जाएगी।"

"तो आप उसपर पर्दा डाल रहे हैं !"

"नहीं; मैं जसवन्त की मूर्खता पर पर्दा डाल रहा हूं। उसने कुलवन्त को आमंत्रित करके सख्त गलती की है।"

"जसवन्त ने गलती की है तो उसे न आना चाहिए था।" पत्नी ने कहा।

"अब हमपर क्या असर पड़ता है !"

"वह मुझे भी अपने जैसा समझती है।"

"तुम चिंता न करो। अब इस बहस को बन्द करो। परसों डोली आएगी, और हम रात की गाड़ी से लौट जाएंगे।"

"वायदा ?"

"पक्का वायदा।"

"आप कहते हैं तो मैं रुक जाती हूं, वरना मैं तो अभी चली जाती। मैं आवारा स्त्री को सहन नहीं कर सकती।"

"अब ध्यान रखना। उसे बिलकुल न बताना कि हमारा गांव कौन-सा है।"

"कोशिश करूंगी।"

"कोशिश नहीं, वायदा करो कि गांव का नाम न बताओगी ? यदि वह पूछे तो कह देना कि हम लुधियाना शहर के रहने वाले है।"

"हूं।"

"और कुलवन्त को कोई असभ्य बात न कहना।"

"इसका वायदा नहीं करती।"

"खैर, कोशिश करना कि उससे दूर रहो।"

"मैं तो दूर रहती हूं, लेकिन वह मुझे तलाश कर लेती है। इसका क्या इलाज है?"

"खैर, तुम गांव की चर्चा न करना।"

"अच्छा।"

"अब गुस्सा उतर गया?"

"हां।"

"तो हंस दो।"

मालती हंस दी। हम नीचे आ गए। मैंने जसवन्त को ढूंढ़ा, और वह मिल गया।

"जसवन्त!"

"कहो?"

"मेरी पत्नी चाहती है कि हम आज ही चले जाएं।"

"यह कैसे संभव है! बारात कल जा रही है, और तुम उसमें शामिल होने आए हो।"

हरपाल भी आ गया।

"क्या बात हो रही है?" हरपाल ने कहा।

"मैं इस मूर्ख से पूछ रहा था कि इसने डॉक्टर कुलवन्त को क्यों आमंत्रित किया है।" मैंने कहा।

"बुरा तो मुझे भी लगा है। मुझसे कई मर्दों ने पूछा कि वह स्त्री अकेली क्यों आई है, उसका पति कहां है।" हरपाल ने कहा।

"सुनो जसवन्त! अब बताओ, डैडी से क्या कहा है कि वह कौन है?"

"एक साथी अफसर की पत्नी है। अफसर को छुट्टी नहीं मिली, इसलिए उसने पत्नी को भेज दिया।" जसवन्त ने कहा।

"और मेरी पत्नी उसके साये से दूर भागना चाहती है।" मैंने कहा।

"मैं भाभी को समझा दूंगा।"

"याद है जसवन्त, जब हम दोनों पहली बार उसके यहां गए थे तो तुमने रात उसके यहां बिताई थी, लेकिन मैं नहीं रुका था?"

"याद है।"

"उसकी एक वजह है।"

"क्या?"

"कुलवन्त नहीं जानती कि मेरा-उसका एक ही गांव है।"

"सच!" जसवन्त ने कहा।

"उसके डैडी और मेरे पिताजी गहरे मित्र हैं।"

"अब उसे पता चल गया है?"

"नहीं; लेकिन तुम औरतों की ईर्ष्या को जानते हो। कुलवन्त ने कहा कि वह मुझे मिली है, और मेरी पत्नी ईर्ष्या की अग्नि में जल रही है।" मैंने मुस्कराकर कहा।

"यह साला पागल है। ब्याह करा रहा है और गर्ल फ्रेंड को भी बुला लिया है। यदि इसकी पत्नी को पता चल जाए तो मैरिज की अर्थी उठ जाए।" हरपाल ने कहा।

"खैर, जो होना था, सो हो गया। अब इस बात को भी रोक दो।" जसवन्त ने कहा।

"मैं तो रोक दूंगा, लेकिन मेरी पत्नी ने यदि जोश में कुछ कह डाला तो बात बिगड़ जाएगी।" मैंने कहा।

"लेकिन वह आई क्यों?"

"उसे ऊंचे लोगों में उठने-बैठने का शौक है। वह ऐसे ब्याह में सम्मिलित होना आवश्यक समझती थी।" जसवन्त ने उत्तर दिया।

"फिर भी तुम भाभी को समझा दो।"

"मैं तो समझा ही दूंगा।" मैंने धीरे से कहा, "लेकिन कुलवन्त को पता चल गया कि हम एक ही गांव के हैं और दोनों घरों में गहरी मित्रता है, फिर क्या होगा?"

"खैर, अब उसे वापस तो भेजा नहीं जा सकता। तुम्हें पहले से ही समझा देना चाहिए था।"

"अब मैं क्या जानता था कि मेरी पत्नी से दोस्ती गांठ सकती है!"

"खैर, मैं भाभी को समझाता हूं।" हरपाल ने कहा।

"ऐसा करोगे तो वह और चिढ़ जाएगी।" मैंने उत्तर दिया। मैं जानता था, वह ऐसा ही करेगी, मैंने इसीलिए कहा, "मैं उसे बेह-तर जानता हूं।"

"मैं भाभी से बात करता हूं।" हरपाल भी हठ करने लगा।

अब मैं निरुत्तर था और परिस्थिति को समय के हवाले कर दिया था।

हरपाल ने अपनी हठ निभाई। वह मालती से मिला।

"भाभी! यह डॉक्टर कुलवन्त का क्या चक्कर है?"

"मैं उसे सहन नहीं कर सकती। वह आवारा और कुलटा है। उसने पति को छोड़ रखा है और दर्जनों दोस्त बना रखे हैं। उसका पति क्या काम करता था?" मालती ने कहा

"अब जो होना था, सो हो गया। कल बारात जा रही है और परसों डोली आ रही है। वायदा करो कि तुम कोई ऐसी बात न करोगी, जिससे जसवन्त की इज़्ज़त धूल में मिल जाए?"

"तो कुलवन्त को वापस भेज दो।"

"अब ऐसा करना उचित न होगा। केवल आपकी चुप्पी ही पर्दा डाल सकती है। फिर दो दिन की तो बात है। परसों डोली आ रही है, मैं भी परसों ही चला जाऊंगा। मुझे स्वयं उसकी उपस्थिति पसन्द नहीं।"

मालती कुछ कमज़ोर हो गई। "तो आप भी परसों जा रहे हैं!" उसने पूछा।

"हां; मैं कोशिश करूंगा कि डॉक्टर भी परसों चली जाए।" हरपाल ने कहा, "उस समय तक आप चुप रहें।"

"अच्छा।"

"अच्छा नहीं, वायदा करो?"

"अच्छा, वायदा करती हूं; लेकिन आप भी उसके मित्र रहे हैं?" मालती ने पूछा।

"नहीं; मैं इस दुनिया से बहुत दूर हूं।"

"सच!"

"बिलकुल सच। मैंने उसे पहली बार यहां देखा है। मेरा तो परिचय भी यहीं हुआ है।"

"बेहतर। आप जैसा कहते हैं, मैं ही वैसा करती हूं।"

"आप बहुत समझदार हैं।"

"अब झूठी प्रशंसा न करो।"

"यह झूठी प्रशंसा नहीं है।"

"मैं जानती हूं।"

भगवान का नाम लेकर वे तीन दिन बीते। डोली आ गई और उस रात मैं, मालती और हरपाल दिल्ली लौट आए। मालती ने कोई अनुचित बात न की। कुलवन्त ने मालती से कहा कि वह दिल्ली में मिले और अपना कार्ड भी दे दिया, जिसे मालती ने फाड़कर फेंक दिया।

13

कुलवन्त ने पति को खो दिया था। उसने मित्र तो अनेक बनाए, लेकिन ब्याह करने के लिए कोई भी तैयार न था। कुलबीर उसकी ज़िन्दगी थी।

समय व्यतीत होता गया और पता भी न चला। कुलवन्त मेरे जीवन में भी कभी न आई, न ही उससे कोई भेंट हुई।

शायद दुनिया बहुत विशाल है, लेकिन उतनी ही छोटी भी। मैंने थोड़े समय के लिए सरकारी नौकरी की, लेकिन एक वर्ष बाद नौकरी छोड़ दी। उस नौकरी के बीच गुरदयाल से दोस्ती हो गई। गुरदयाल के द्वारा शिवराज से मित्रता हो गई। शिवराज सरकारी कर्मचारी था। पी॰ डब्ल्यू॰ डी॰ में इंजीनियर था; लेकिन बहुत ऊंचे परिवार का था। उसके दो चाचा उपाधि-प्राप्त थे। एक ऑनरेरी मैजिस्ट्रेट था। शिवराज के दो बड़े भाई सरकारी ठेकेदार थे और लाखों में खेलते थे।

कई बार यूरोप भी हो आए थे। घर में आधी दर्जन कारें थीं। शिवराज के पास भी कार थी। हम अक्सर शिवराज की कोठी में जाते। बीयर का दौर चलता और साथ में फ्लैश होती।

शिवराज के बड़े भाई धर्मराज ने फ्रांस में विवाह कर लिया। पत्नी फ्रांसीसी थी, लेकिन अंग्रेज़ी भाषा जानती थी।

उनका ब्याह सफल न हो सका, और नौबत तलाक तक पहुंच गई। धर्मराज को तलाक एक लाख रुपये में पड़ा। यानी उसने एक लाख रुपया हरज़ाना देकर पत्नी से जान छुड़ाई।

एक दिन गुरदयाल ने कहा, "यहां एक लेडी डॉक्टर है। मैं उसके साथ मित्रता करना चाहता हूं।"

"तो कर डालो।" मैंने मुस्कराकर कहा।

"लेकिन हौसला नहीं पड़ता।"

"हौसले की क्या बात है! फलों की टोकरी लेकर उसके घर चले जाओ और दोस्ती शुरू करो।"

"तुम कैसे जानते हो?"

"तुम न भी बताओ तो मैं बता सकता हूं कि वह लेडी डॉक्टर कौन है और कहां रहती है।"

"तुम उसे जानते हो?"

"जानता हूं। क्या उसका नाम कुलवन्त है?"

"हां।"

"तो पैसे को आग न लगाओ। वह सबकी है और किसीकी भी नहीं। जिस तरह पुराना कैलेण्डर बदल दिया जाता है, उसी तरह वह आदमी बदलती है। यदि इन दिनों कोई मर्द नहीं तो वह फौरन दोस्ती का हाथ बढ़ा सकती है। उसे अमीर लोगों से दोस्ती करने की आदत है या कमज़ोरी है। वैसे वह शरीर नहीं बेचती। हां, उपहार अस्वीकार नहीं करती।"

"तुम मेरे साथ चलोगे?"

"नहीं।"

"जब तुम उसे जानते हो तो मुझे क्यों नहीं मिलवाते?"

"मैं उसके घर नहीं जाता। जहां तक जानने का सवाल है, मैं उसे जन्म के दिन से जानता हूं; लेकिन उसे मिलता नहीं हूं। केवल एक शाम उसके यहां व्हिस्की पी थी।"

"यह कब की बात है?"

"लड़ाई के दिनों की। शायद 1945 की।"

"तुमने कभी बात नहीं की!"

"इसलिए कि मैं उसे दो बार मिला हूं। एक बार 1945 में एक मित्र के साथ गया था, जो सेना में कैप्टेन था और छुट्टी पर आया था। अब तो लेफ्टीनेण्ट कर्नल है। फिर 1949 में उसी कैप्टेन की शादी पर भेंट हुई थी।"

"खतरे की तो कोई बात नहीं?"

"खतरा कैसा! तुम फल लेकर जाओगे और मैं जानता हूं, वह तुम जैसे सुन्दर मर्द से दोस्ती कर लेगी।"

"तुम क्यों नहीं साथ चलते?"

"नहीं।"

"आखिर वजह क्या है?"

"वजह न पूछो तो बेहतर है।"

"फिर भी?"

"हम एक ही गांव के हैं और दोनों घरानों में घनिष्ठ मित्रता थी। अब तो मेरे डैडी भी जीवित नहीं और उसके डैडी भी जीवित नहीं।"

"उसकी कहानी क्या है?"

"उसका ब्याह हुआ था। एक बच्ची हुई। फिर उसने पति को छोड़ दिया। वह कहती है, लेकिन मेरा विचार है, पति ने उसे छोड़ दिया है और दूसरा ब्याह कर लिया है।"

"मैं यदि गया तो बुरा तो न मानेगी?"

"यदि कार में गए तो बिलकुल बुरा न मानेगी। कार में घूमने का उसे उन्माद है।"

"इसके अतिरिक्त?"

"इसके अतिरिक्त डेविको में खाना खाने का शौक था। देश का विभाजन हुआ तो डेविको बन्द हो गया। अब मैं नहीं जानता, वह कौन-सा रेस्टोरेंट पसन्द करती है। जेब में नोट भर लो और दोस्ती शुरू करो। वह साड़ी बहुत सुन्दर ढंग से बांधती है। स्वयं ही अपनी प्रशंसा करती है। यदि मर्द समझदार हो तो उसे साड़ी खरीद देता है।"

"कार कहां से लाऊं?"

"शिवराज की कार ले जाओ।"

"लेकिन मैं चलाना नहीं जानता।"

"शिवराज को साथ ले जाओ।"

"क्या दो मरदों को पसन्द करेगी?"

"आपत्ति नहीं करेगी।"

"तो मैं आज ही शिवराज से बात करना चाहता हूं।"

"अवश्य करो। मैंने कार बेच दी है। पेट्रोल नहीं मिलता था। जब पेट्रोल का राशन खत्म हुआ तो मैंने मोटरसाइकल खरीद ली।

"आओ, शिवराज के यहां चलें।"

"यह कर सकता हूं।"

हम मोटरसाइकल पर सवार होकर शिवराज के यहां पहुंचे। उन दिनों शिवराज की पत्नी मायके गई हुई थी।

"शिवराज! मैं तुम्हें कष्ट देने आया हूं।"

"कैसा कष्ट?"

"एक लेडी डॉक्टर की बहुत प्रशंसा सुनी है, लेकिन उसे यदि मिलना हो तो कार का होना ज़रूरी है।"

"दोस्त किस दिन काम आते हैं?"

"मुश्किल समय में!" मैंने मुस्कराकर कहा।

गुरदयाल यद्यपि शरणार्थी है, लेकिन स्त्रियों पर रुपया लुटाने के योग्य है।

"वह कहां रहती है?"

"दूर नहीं।" मैंने उत्तर दिया।

"तुम भी चल रहे हो?" शिवराज ने पूछा।

"नहीं; मैं इस दुनिया से दूर हूं।"

"तो मैं चलता हूं। प्रशंसा तो उसकी मैंने भी सुनी है, लेकिन कभी भेंट नहीं हुई।"

"दोनों जाकर मिल लो।"

उस शाम वे दोनों गए।

अगले दिन गुरदयाल मिला।

"क्यों, भेंट हुई?"

"हुई, और रात उसीके यहां बिताई।"

"बहुत तेज़ कदम चले हो! क्या आज उसके लिए साड़ी खरीद रहे हो?" मैंने प्रश्न किया।

"तुम कैसे जानते हो?"

"मैंने कल कहा नहीं था कि वह हर मर्द से कहती है कि वह साड़ी बहुत सुन्दर ढंग से बांधती है।"

"इसका मतलब है, तुम उसे अच्छी तरह जानते हो।"

"नहीं। पन्द्रह वर्ष पहले मिला था। अब तो बूढ़ी हो गई है।"

"ऐसी बात नहीं, उसने अपना शरीर बड़ा संभालकर रखा है।"

"ऐसा न करे तो जीवित कैसे रहे!"

"अब तो उसकी लड़की जवान हो गई है।"

"हां, हो जानी चाहिए।" मैंने वर्ष गिनने चाहे, "क्या कॉलेज

में पढ़ती है?"

"शायद।"

"उसपर क्या असर पड़ता होगा?"

"वह उसे जान से अधिक प्यारी है।"

"क्यों न हो, बुढ़ापे का वही तो सहारा है!"

"और उसका कोई नहीं?"

"माता-पिता मर चुके हैं। पति ने दूसरा ब्याह कर लिया है।"

"उसने दूसरा ब्याह क्यों नहीं किया?"

"वह जीवन को जीवन बनाना चाहती थी, और वह अब इतनी दूर निकल गई है कि लौटकर नहीं जा सकती।"

"लेकिन उसे अच्छा पति मिल सकता था।"

"कोई रंडवा ही मिल सकता है, जो स्वयं दो-चार बच्चों का पिता होगा। क्या उसने ऐसी कोई बात की थी?"

"मेरा विचार है कि वह अब पति की तलाश में है।"

"यह तुम्हारा विचार है, लेकिन वह दूसरा ब्याह न करेगी। दूसरा ब्याह, और इस उम्र में! अब कौन ब्याह करेगा! उसका बुढ़ापा शुरू होने में अधिक वर्ष नहीं। करे तो अच्छा है, लेकिन ऐसा मर्द कहां मिल सकता है!"

"अच्छा, मैं जा रहा हूं।"

"साड़ी खरीदने?" मैंने मुस्कराकर कहा।

"अब तुमसे क्या छुपा है!"

"जाओ, दौलत को आग लगाओ। मैं रोकूंगा नहीं।"

"तुम क्यों उससे दूर रहते हो?"

"मैं विवाहित हूं और पत्नी से संतुष्ट हूं।"

"लेकिन तब्दीली की खातिर!"

"जी नहीं, धन्यवाद।"

गुरदयाल ने कितनी दौलत उसपर लुटा दी, मैं नहीं जानता और जानना भी नहीं चाहता था।

दो वर्ष बीत गए। एक दिन शिवराज से भेंट हुई।

"कहां रहे?"

"मैंने नौकरी छोड़ दी और भाई के साथ ठेकेदारी शुरू कर

रहा हूं।" शिवराज ने उत्तर दिया।

"बहुत खूब!"

"तुम्हारे लिए एक सूचना है।"

"सूचना! कैसी सूचना?"

"तुम लेडी डॉक्टर कुलवन्त को जानते हो?"

"जानता हूं, लेकिन मिले बहुत वर्ष हो गए हैं। क्या तुम मिलते रहे हो?" मैंने कहा।

"रोज़ मिलता हूं।"

"रोज़! मैं समझा नहीं?"

"हां, रोज़। मेरे भाई धर्म ने उसके साथ विवाह कर लिया है।"

"क्या?"

"हां।"

"यह कैसे हुआ?"

"बड़ी अजीब घटना हुई। एक बार मेरे घर पहुंच गई।"

"तुमने उसे बुलाया था?"

"नहीं।"

"फिर?"

"मैं घर पर नहीं था। उसकी भेंट भाई से हो गई। धर्म ने फ्रांसीसी औरत से ब्याह किया था, वह ब्याह असफल रहा था। नौबत तलाक तक पहुंच गई थी, और वह तलाक एक लाख रुपये में मिला। इसके बाद भाई साहब ने शादी पर ध्यान ही न दिया; यद्यपि अच्छे-अच्छे घरानों से रिश्ते के लिए बात चली थी। वह भेंट दोस्ती में बदल गई।"

"और दोस्ती ने ब्याह का रूप धारण कर लिया!"

"ठीक।"

"तो उसके बुढ़ापे को सहारा मिल गया, और वह भी एक लखपती के रूप में। बड़ी अच्छी किस्मत पाई है। जवानी ऐश में गुज़ारी, बुढ़ापा सिर पर आया तो ब्याह कर लिया।"

"बुरा क्या है?"

"कुछ नहीं। छोटे भाई की सहेली बड़े भाई की पत्नी बन गई है। ऐसी मिसाल शायद ही कहीं मिले।"

"वह तुम्हें कैसे जानती है?"

"मैं उसे बचपन से जानता हूं। मेरी दीदी की सहेली थी। हम एक ही गांव के रहने वाले हैं। उसका जेलर पिता उसके लिए काफी संपत्ति छोड़कर मरा था।"

"उसने सारी ज़मीन बेच दी है।"

"यह मैं नहीं जानता था।"

"केवल गांव का मकान शेष है।"

"गांव के साथ अब उसका क्या रिश्ता है! मेरा विचार है, वह वर्षों से गांव भी नहीं गई।"

"धर्म के साथ एक बार गई थी।"

"कार में?"

"हां; लेकिन तुम कैसे जानते हो?"

"इसके सिर्फ दो शौक हैं—एक कार में घूमने का और दूसरा साड़ी बांधने का।" मैंने मुस्कराकर कहा, "और अब उसके दोनों शौक पूरे हो गए। एक नहीं, चार कारें हैं और साड़ियों का तो अम्बार होगा।"

"तुम ठीक कहते हो।"

"क्या उसने कार चलाना सीख लिया है?"

"हां।"

"आखिर उसकी अभिलाषा पूरी हुई। उसकी एक लड़की भी थी। क्या उसका विवाह हो गया?"

"नहीं, वह बीमार रहती है। उसके शरीर का सारा खून खराब हो गया है। धर्म उसे बम्बई ले गया और वहां रक्त बदलना पड़ा। हज़ारों रुपये उठ गए।"

"क्या अन्तर पड़ता है! तुम्हारा भाई खर्च कर सकता है। उसे धन की कमी नहीं।"

"लेकिन वह स्वस्थ न हो सकी। अब फिर बम्बई जाकर उसका खून बदलना है।"

"भगवान बच्ची की दीर्घ आयु करे! वह उसे जान से भी अधिक प्यारी है। उसने उसे बड़े लाड़ से पाला है।"

"अब भी उसपर जान देती है। भैया कह रहे थे कि यदि बम्बई में इलाज न हो सका तो वे उसे स्विट्ज़रलैंड ले जाएंगे।"

"इतनी हालत खराब है?"

"भैया ने इतना प्यार किसीसे नहीं किया, जितना वह डॉक्टर

और कुलबीर से करते हैं।"

"यह तो खुशी की बात है। डॉक्टर कुलवन्त तो प्यार के मतलब भी नहीं जानती, वह केवल व्यापार करना जानती है।"

"लेकिन अब बदल गई है।"

"बुढ़ापे के आतंक के कारण?" मैंने प्रश्न किया।

"शायद।"

"शायद नहीं, निश्चय ही। मैं जानता हूं, वह कभी किसीकी नहीं हो सकती। हर प्रकार के बन्धन से दूर रहना चाहती है। वह अपनी आज़ादी में कभी किसीको दखल नहीं देने देगी।"

"अब तो वह सफल पत्नी है।"

"ज़रूर होगी, और तुम्हें भाई कहती होगी!" मैंने उसे चिढ़ाया।

"मैंने कभी अतीत की बात नहीं की।"

"लेकिन वह तो जानती है कि तुम किस दशा में उसे मिले थे।"

"बहुत-सी बातें पर्दे में रहें, तो बेहतर होती हैं।"

"और तुमने पर्दा डाल रखा है?"

"इसके सिवा चारा भी तो नहीं!"

"तुम्हारी पत्नी भी जानती है कि तुम उसे मिलते रहे हो?"

"नहीं। बताकर मुसीबत मोल लेना है!"

"यह भी ठीक है।"

फिर हम दूसरी बातें करते रहे। शिवराज चला गया तो मैं सोचने लगा कि नॉवेलों में तो बहुत कुछ हो जाता है, लेकिन जीवन में यह सबसे बड़ा ड्रामा है। बलबीर उस बच्चे को ले जाना चाहता था, लेकिन कुलवन्त उससे जुदा न हो सकती थी। वह उसके बिना जीवित न रह सकती थी। अब उस बच्ची को पिता का प्यार भी मिल गया था। कुलवन्त को धन मिल गया था, जिसकी वह उम्र-भर तलाश करती रही थी। जिस धन की खातिर उसने पति को छोड़ दिया था, वह धन अब उसे मिल गया था। कारें थीं, कोठी थी, नौकर थे, बच्ची थी, और अब पति भी मिल गया था। अब भला उसके जीवन में क्या कमी रह गई थी!

14

लेकिन गीता में लिखा है कि मनुष्य को उसके कर्मों का फल मिलता है, फिर भला कुलवन्त कैसे बच सकती थी! भाग्य उसपर हंस रहा था, और अभी तक दूर खड़ा तमाशा देख रहा था। कुलवन्त दूसरे बच्चे को जन्म देने की आयु को पार कर चुकी थी। धर्मराज एक जवान लड़की का पिता बन गया था।

सब कुछ था, लेकिन कुलबीर की दशा सुधर न रही थी। वह दूसरी बार बम्बई गई। धर्मराज और कुलवन्त साथ थे। वह बम्बई के बढ़िया होटल में ठहरे और कुलबीर का खून बदलवाया। कुलबीर ने एक वर्ष काटा।

कुलबीर अब विवाह की आयु को पहुंच गई थी, लेकिन इससे पहले मां ने ब्याह कर लिया था, जबकि ब्याह कुलबीर का होना चाहिए था। बेटी की जगह मां का ब्याह हो गया।

कुलबीर की दशा सुधर न सकी, बल्कि दिन-प्रतिदिन शोचनीय हो गई। और कुलवन्त परेशान थी।

"अब कुलबीर का क्या होगा?" एक दिन कुलवन्त ने कहा।

"होना क्या है! सर्वोत्तम डॉक्टरों से इलाज करा चुके हैं। अब तो केवल एक सूरत रह गई है।" धर्मराज ने कहा।

"वह क्या?"

"तुम स्वयं डॉक्टर हो। क्या तुम नहीं जानती हो?"

"हमें बाहर जाना पड़ेगा, लेकिन इसके लिए तो हज़ारों की ज़रूरत है।"

"रुपये की तुम चिन्ता न करो। रुपया भगवान ने बहुत दे रखा है। मैं तुम्हारे और कुलबीर के पासपोर्ट की व्यवस्था करता हूं।"

"कहां जाना है?"

"स्विट्ज़रलैंड।"

"यदि वे भी कुछ न कर सके, तो क्या होगा? अब मैं दूसरे बच्चे को जन्म नहीं दे सकती। मैंने तो सोचा था कि कुलबीर का ब्याह होगा तो दामाद भी यहीं रहेगा। मैं उसे आंखों से ओझल नहीं होने दूंगी।"

"ऐसा हो सकता है। मैं तुम्हारी भावनाओं की कद्र करता

हूं, लेकिन विवाह से पहले इसका स्वस्थ होना बहुत ज़रूरी है।"

"बम्बई के डॉक्टरों ने तो जवाब दे दिया है। हमने दो बार खून बदलवाया है, लेकिन कोई असर नहीं। एक वर्ष के बाद फिर वही दशा हो जाती है।"

"धीरज से काम लो। तुम तो स्वयं डॉक्टर हो। सैकड़ों बच्चों को इस दुनिया में लाई हो। अपने बच्चे को नहीं बचा सकती हो?"

"यही तो मुसीबत है। शायद भगवान मुझसे बदला ले रहा है।"

"ऐसा मत सोचो। जब तक सांस, तब तक आस। यदि तुमने आस खो दी तो इसका इलाज न हो सकेगा।"

"मेरे बुढ़ापे का यही तो एक सहारा है।"

"मैं जानता हूं। स्विट्ज़रलैंड में ज़रूर ठीक हो जाएगी।"

"आपको विश्वास है?"

"क्यों नहीं!"

"अच्छा।"

यद्यपि कुलवन्त डॉक्टर थी, लेकिन बड़ी डॉक्टर न थी। वह इतना अवश्य जानती थी कि कुलबीर अब अधिक दिन जीवित न रहेगी। बलबीर उसके जीवन से चला गया था, लेकिन अपनी निशानी छोड़ गया था। कुलबीर नाम बलबीर ने ही रखा था। उसने कहा था—'कुल' कुलवन्त से और 'बीर' बलबीर से। वह जानती थी कि स्विट्ज़रलैंड में भी उसका इलाज न हो सकेगा। केवल रुपया बरबाद करने की बात थी।

एक डॉक्टर के नाते उसने जीवन में सैकड़ों मौतें देखी थीं, लेकिन वह न जानती थी कि मौत इस घर का दरवाजा भी खट-खटा सकती है, और मौत दरवाज़ा खटखटा रही थी।

एकान्त में वह पहरों सोचती रहती। उसे जवानी के दिन याद आते, बलबीर याद आता, पिता याद आता। अब उसके पास धन था, लेकिन धन से हम आरामदायक तकलीफें खरीद सकते हैं, और बलबीर की मृत्यु भी आरामदायक तकलीफ थी। डॉक्टर इलाज कर सकते थे, लेकिन जीवन न दे सकते थे। कुलवन्त ऐसी-ऐसी बातें सोचकर रोने लगती।

अब उसे आभास हो रहा था, मौत कितनी कष्टप्रद होती है। कारें, कोठी, रुपया, नौकर कोई काम न कर रहा था। लेकिन

धर्मराज के पास पैसा था, पासपोर्ट बनने में कोई कठिनाई न पेश आई। और एक दिन वे तीनों जहाज़ में बैठकर जीवन की तलाश में निकल खड़े हुए।

जीवन साथ छोड़ रहा था। कुलबीर ने पिछले जन्म में कर्ज़ा दिया था, जो वह अब वसूल रही थी।

स्विट्ज़रलैंड में बेहतरीन डॉक्टर थे। उनसे सलाह ली गई, लेकिन किसी भी डॉक्टर ने यह न कहा कि वह कुलबीर को जीवित रख सकता है।

अब उनकी अन्तिम आशा भी टूट गई। रुपया पानी की भांति खर्च किया गया, लेकिन कोई भी डॉक्टर इलाज न कर सका। और निराश होकर लौट आए।

"जर्मनी चलें?" धर्मराज ने कहा।

"नहीं। जब स्विट्ज़रलैंड में इलाज न हो सका, तो जर्मनी में क्या हो सकता है? मेरा विचार है, अब कुलबीर अधिक दिनों की मेहमान नहीं। वापस चलते हैं, ताकि उस धरती पर प्राण दे, जहां उसने जन्म लिया था।"

इसलिए वे लौट आए।

एक दिन कुलवन्त अस्पताल में ड्यूटी दे रही थी कि नर्स ने आकर बताया कि एक प्रसूता का केस आया है। वह केस देखने चल दी। लेबर-रूम के बाहर बलबीर खड़ा था। वह उसे देखकर चौंक पड़ी।

"तुम!"

"हां, मैं।"

"तुम कैसे आए?"

"मेरी पत्नी भीतर है।"

"तो तुमने दिल्ली में ही ब्याह किया था?"

"हां।"

"कितने बच्चे हैं?"

"दो लड़के हैं, लेकिन मैं चाहता हूं कि अब लड़की हो, ताकि परिवार पूरा हो जाए। मैं तीन से अधिक बच्चों के पक्ष में नहीं।"

"अच्छा, मैं देखती हूं।" कहकर कुलवन्त लेबर-रूम में चली गई। उसने जब बलबीर की पत्नी को देखा तो बाहर आ गई।

"सुनो!"

"कहो?"

"प्रसूता की दशा ठीक नहीं। बच्चा उल्टा है। दोनों में से एक बच सकता है।"

"नहीं कुलवन्त! तुम्हें दोनों को बचाना होगा।"

"मैं सर्जन नहीं हूं। केवल एक तरीका है कि पेट चीरकर बच्चा बाहर निकाला जाए।"

"तुम डॉक्टर हो। जो उचित समझो, करो; लेकिन दोनों को ज़िन्दा रखना है, यह मेरी विनती है।"

"मैं कोशिश करती हूं। नर्स!"

"यस डॉक्टर?"

"सर्जन सरोजनी को बुलाओ।"

नर्स चली गई।

"पहले लड़के कहां हुए?"

"बम्बई में।"

"इस बार यहां क्यों रखा? बम्बई में बेहतरीन डॉक्टर और सर्जन हैं। इसे यहां क्यों लाए?"

"मेरी पत्नी ऐसा चाहती थी।"

"ओह!"

"सुना है, तुमने किसी लखपती से ब्याह कर लिया है?"

"हां; लेकिन कुलबीर का स्वास्थ्य ठीक नहीं। दो बार बम्बई जाकर सारा खून बदलवाया, फिर स्विट्ज़रलैंड भी ले गए।"

"कुलबीर की ऐसी दशा है?"

"हां; वह कुछ दिन या कुछ महीनों की मेहमान है।"

"ओह भगवान! क्या मैं कुछ कर सकता हूं? आखिर वह मेरा खून है।"

"नहीं; अब कोई कुछ नहीं कर सकता।"

"क्या मैं उससे मिल सकता हूं?"

"क्यों नहीं! मैं अपना पता दे देती हूं। कल-परसों, किसी भी दिन उससे मिल सकते हो।"

"मैं कल ही आऊंगा।"

सर्जन सरोजनी आ गई। कुलवन्त ने उसे हालात से परिचित कराया।

"ऑपरेशन की तैयारी शुरू कर दो।" सरोजनी ने कहा।

"यस डॉक्टर!" नर्स ने कहा।

सर्जन और कुलवन्त अन्दर चली गई और बलबीर बेचैनी से बाहर टहलता रहा।

समय गुज़रता रहा—एक घण्टा···दो घण्टे। आखिर दरवाज़ा खुला। बलबीर आगे बढ़ा।

"हमने मां और बच्ची दोनों को बचा लिया है।"

"धन्यवाद!"

"धन्यवाद की ज़रूरत नहीं।"

"क्या मैं उसे देख सकता हूं?"

"नहीं। उसे बेहोशी की दवा दे रखी है।"

सर्जन सरोजनी भी आ गई।

"आप उस स्त्री के पति हैं?"

"जी हां।"

"केस बहुत खतरनाक था, लेकिन हमने मां-बेटी दोनों को बचा लिया है।"

"धन्यवाद!"

सरोजनी ने उत्तर न दिया और चली गई।

"मैं कब उसे देख सकता हूं?" बलबीर ने पूछा।

"एक-डेढ़ घण्टे बाद। अच्छा, अब चलती हूं।"

"मैं कुलबीर को देखने कल ही आऊंगा। मैं इस लड़की का नाम भी कुलबीर रख रहा हूं।"

कुलवन्त ने उत्तर न दिया। आंसू छुपाने की खातिर उसने मुंह मोड़ लिया और चली गई।

वह शाम को घर पहुंची तो देखा कि कुलबीर बेहोश पड़ी है। उसने पति को फोन किया।

"तुम उसे विलिंग्डन अस्पताल ले चलो। मैं वहां पहुंच रहा हूं।" धर्मराज ने कहा।

कुलवन्त ने नौकरों की मदद से कुलबीर को कार में डाला और अस्पताल चली गई।

डॉक्टरों ने निरीक्षण किया। और सबसे बड़े डॉक्टर ने इनकार में सिर हिला दिया।

"क्यों डॉक्टर?" धर्मराज ने पूछा।

"मेरा विचार है, यह चार-पांच घण्टे और ज़िन्दा रहेगी।"

"ओह भगवान !"

डॉक्टर चले गए, लेकिन कुलवन्त रोने लगी। उसने आज एक कुलबीर को पैदा किया था और दूसरी कुलबीर मौत के मुंह में पहुंच गई थी। वह डॉक्टर थी, लेकिन कोई भी डॉक्टर कुलबीर को बचा न सकता था।

ठीक चार घण्टे बाद कुलबीर ने प्राण त्याग दिए।

अगले दिन जब बलबीर कुलवन्त की कोठी पर पहुंचा, तो उस समय कुलबीर की अर्थी को ले जाने के लिए लोग जमा थे। बलबीर बेटी से न मिल सका।

●

लेखक की दो उत्कृष्ट कहानियां

- साझी
- देवी

साझी

आज मार्केट लगी थी। मुझे कोई काम न था। चीनी रेस्टो-रट से मैंने लफे (चाय) पी और मार्केट में निकल गया। वही छोटी-छोटी दुकानें लगी हुई थीं, जहां जीवन की सभी आवश्यक वस्तुएं बिक रही थीं। मुझे किसी वस्तु की ज़रूरत नहीं थी; बस, यों ही समय काटने के लिए निकल आया था। शाफी लड़कियां रंग-बिरंगी लुंगियां पहने छातियों को कसकर बगलों की ओर कपड़े से बांधे, बाल बनाए बैठी थीं। मैंने दो-एक कोनों पर रुककर उन्हें पंजाबी भाषा में छेड़ा। उन्होंने मुझे शानी भाषा में गालियां दी, लेकिन मैंने हाथ और कंधों के इशारों से प्रकट किया कि मैं शानी नहीं समझता। लेकिन वे जानती थीं कि मैं सब समझता हूं और उन्हें केवल छेड़ने के लिए उनके पास खड़ा हो जाता हूं।

अचानक किसीने मेरे कंधे पर हाथ रख दिया। मैंने घूमकर देखा तो बसन्तसिंह खड़ा था।

"सतसिरी अकाल बाबूजी!" बसन्तसिंह ने कहा।

"सतसिरी अकाल।" मैंने उससे हाथ मिलाते हुए कहा "सुनाओ बसन्ते, क्या हाल है?"

"अच्छा है। आपकी दया है। वाहगुरु का परताप है। आप कैसे हैं?" बसन्तसिंह ने बड़े तपाक से मेरे प्रति अपनी श्रद्धा व्यक्त की। वह श्रद्धा, जो एक देहाती के मन में एक शहरी के लिए हो सकती है।

"मैं भी अच्छा हूं।" मैंने मुस्कराकर जवाब दिया और जेब से सिगरेट-केस निकाला, "कोई नई बात? देस से खत आया?" मैंने सिगरेट सुलगाते हुए पूछा।

"देस से खत आया था। सब राज़ी-खुशी हैं। वह चाची हरनाम कौर मर गई। बेचारी बड़ी अच्छी थी। मुझे बचपन में मक्खन खिलाया करती थी।" बसन्तसिंह ने साथ-साथ चलते हुए कहा।

"बहुत दुःख हुआ सुनकर।" मैंने रस्मी तौर पर दुःख व्यक्त किया।

"एक तरह से अच्छा हुआ कि मर गई।" बसन्तसिंह ने सादगी से कहा।

"क्यों?" यद्यपि मैं जानता था कि बसन्तसिंह जाट है—एक देहाती और उजड्ड जाट, जो जवानी में अपने किसी गांव वाले के साथ हिन्दुस्तान से भागकर बर्मा आ गया था। यहां उसने एक बर्मी लड़की से शादी कर ली थी और एक मोटर-ड्राइवर के साथ रहकर मोटर-ड्राइवरी भी सीख ली थी। बर्मा को जब जापानी छोड़-कर भागे तो शैवरलेट-44 का एक मॉडल उसके हाथ आ गया, जिसपर वह लाशू और मांडले के बीच माल ढोया करता था। इस व्यापार से उसे अच्छी-खासी आमदनी हो जाती थी, लेकिन वह सब शराब की भेंट चढ़ जाती थी। वह मेरे पास अक्सर पैसे मांगने आया करता था। वही नहीं, उसके पेशे के अन्य बहुत-से पंजाबी भी मुझसे कर्ज़ लिया करते थे—जो शायद ही कभी वापस करते थे; लेकिन मैं भी चिन्ता नहीं करता था, क्योंकि ये ड्राइवर और क्लीनर किस्म के लोग मेरे 'काम' के आदमी थे और समय पड़ने पर मेरे लिए अपनी जान तक लड़ा देते थे। अब जो वह मेरे साथ-साथ चल रहा था तो मैं जानता था कि या तो वह कोई भेद की बात करना चाहता था या उसे पैसे की ज़रूरत थी—और इसीलिए उसे चाची के मरने का कोई दुःख न था।

"आप नहीं जानते।" बसन्तसिंह ने मेरे कान में भेद-भरे स्वर में कहा, "वह गांव के लम्मरदार (नम्बरदार) के साथ रहती थी। दोनों के सम्बन्ध अच्छे न थे।"

"अच्छा!" मैंने चेहरे पर बनावटी हैरानी लाते हुए कहा।

"जी हां।" बसन्तसिंह उन बनावटी हैरागनियों को स्वीकार कर लिया, "हुज़ूर, एक बात है···" बसन्तसिंह को असली बात अब याद आई थी या वह उसकी भूमिका बांध रहा था।

''कहो!" मैं रुक गया। वह भी रुक गया। मैंने सिगरेट फेंक-कर नया सिगरेट सुलगाया।

"वह···यहां एक मेम आई है। बड़ी अव्वल लम्बर है। जवान है और बहुत सुन्दर है। मैं उससे अभी-अभी मिलकर आया हूं। मुझे तेजासिंह ने बताया था। वाहगुरुजी की कसम, बहुत ही सुन्दर है···।"

"शादी करना चाहती है?" मैंने हंसकर उसकी बात काटी।

"बाबूजी, अब तो आप कर ही लो—इसी साली से कर लो। सुअर की बच्ची बहुत ही सुन्दर है। रेशम के से बाल, दूध जैसा चिट्टा रंग और खरबूज़े के बराबर छातियां—बल्ले! बल्ले!!"

"हां-हां, तुमने उससे कहा नहीं कि हमारा साहब भी कुंवारा है और फौज में कप्तान था और अंग्रेज़ी बड़ी फर्स्ट क्लास बोलता है?" मैंने गंवारों की सी बात की।

"जी, कहा नहीं। आप खुद क्यों नहीं कहते? अगर आप उससे शादी कर लें तो आपकी भी फैमिली हो जाए और आपके बच्चे 'साब' होंगे।" बसन्तसिंह ने सादगी से कहा।

"खैर, वह कहती क्या थी?" अब मैंने गंभीरता से पूछा।

"हां, वह तो मैं भूल ही गया। वह यहां से 'माल' ले जाना चाहती है। बस, यहां से मांडले तक।"

"कितना माल होगा?" मैंने उसकी भूमिका समाप्त करनी चाही।

"यही कोई तीस बीसे (पचास सेर), मगर बाबूजी, यह देख लो, साली मेम भी ऐसा काम करती है···" बसन्तसिंह ने फिर से भूमिका बांधनी चाही।

"क्यों, मेम को पैसों की ज़रूरत नहीं होती?" मैंने मुस्करा-कर कहा।

"मगर यह साली शादी क्यों नहीं करती? मेरा खयाल है, आप उससे शादी कर लें।"

"शादी तो बात में हो जाए, उस माल का क्या बना?" मैंने उसे टोका।

"हां, वह माल···वह पांच हज़ार देने को तैयार है, लेकिन उसके साथ कोई जाना नहीं चाहता। ऐसी साली का क्या भरोसा! सी॰ आई॰ डी॰ की ही हो! आप अगर जाना चाहें तो फिर···"

"माल कितना होगा?" मैंने उसे फिर टोका, क्योंकि अब मामला बिज़नेस का था और मैं पूरा विवरण जानना चाहता

था।

“बताया न, तीस बीसे।”

“और किराया?”

“पांच हजार। ढाई हज़ार नकद और बाकी मांडले पहुंचकर।”

“सौदा तो बुरा नहीं···।” मैंने सिगरेट का एक लम्बा कश लेते हुए कहा।

“जी हां, मैं भी तो यही कहता हूं।”

“कब जाना होगा?” मैंने उसके कंधे पर हाथ रखते हुए पूछा।

“आज रात को···।” बसन्तसिंह ने अपनी दाढ़ी खुजाते हुए कहा, “सुबह तीन बजे के करीब वह मेमो की चौकी पार करना चाहती है।”

काफी होशियार और दिलेर है।” मैंने मुस्कराते हुए कहा।

“और सुन्दर भी काफी है।” बसन्तसिंह खिलखिलाकर हंसा।

“अच्छा, तो पक्का कर आओ।” मैंने उसकी पीठ थपथपाई, “जवाब जल्द लेकर आना।”

“अच्छा हुज़ूर—अभी लीजिए।” यह कहकर बसन्तसिंह जाने लगा।

“बसन्त!” मैंने उसे आवाज़ दी।

“जी।” कहकर वह रुक गया।

“माल किस चीज़ में होगा?”

“हां, वह तो मैं भूल ही गया था। साली बड़ी अकलबंद (अक्लमंद) है।”

मिनटरी (मिलिटरी) का पेटरोल का चार गेलन का टिन होता है ना, उसको नीचे से काटकर माल भरा है और ऊपर से टिन चढ़ा दिया है। साली बड़ी अकलबंद है। मैं तो कहता हूं, आप उससे शादी कर लें।”

इतना कहकर बसन्तसिंह फिर खिलखिलाकर हंस पड़ा।

“अच्छा-अच्छा ज़रूर करूंगा, लेकिन तुम यह काम तो कर दो।”

“हां अभी लीजिए···” कहकर बसन्तसिंह रुक गया, “आप थोडे-से पैसे दे···”

"ओ!" मैं मुस्कराया, "वह भी दे दूंगा। पेशगी देंगी न, उसमें से···"

"अच्छा, मैं जाता हूं।"

"अच्छा, मैं घर पर मिलूंगा। वहीं आ जाना।"

बसन्तसिंह के जाने के बाद मैं तेज़ी से घर की ओर रवाना हो गया। रास्ते में मैंने तेजासिंह को साथ ले लिया। तेजासिंह एक अच्छा ड्राइवर और मैकेनिक था। हर सफर पर रवानगी से पहले वह मेरी जीप का अच्छी तरह निरीक्षण कर लेता था—इंजन, पेट्रोल, हवा, ब्रेकें आदि।

तेजासिंह को जीप के पास छोड़कर मैं कमरे में पहुंचा। रास्ते के लिए ज़रूरी सामान और कपड़े आदि निकालकर मैंने अटैची-केस में डाले। पतलून की हिप पॉकेट में रखने वाली चांदी के फ्लास्क में व्हिस्की डाली, और फिर रिवॉल्वर को निकालकर देखा। नाली ज़रा गन्दी थी जल्दी से उसे साफ किया। चेम्बर को निकालकर तेल डाला और उसे खाली ही चलाकर देखा। रिवॉल्वर ठीक काम कर रहा था, लेकिन फिर किसी खयाल से मैंने रिवॉल्वर को रखकर पिस्तौल निकाल लिया। पिस्तौल के फायर-पिन में थोड़ी त्रुटि थी। उसकी नाली को साफ करके मैंने पिन को ठीक किया। फिर मेगज़ीन खोलकर देखा। पिस्तौल को एक-दो बार एक्शन में किया और एक फालतू मेगज़ीन भी निकाल लिया लेकिन जब गोलियां देखीं तो केवल आठ नज़र आईं। मैंने जल्दी से बाहर आकर तेजासिंह को पुकारा—

"जीप ठीक हो गई?" मैंने पूछा।

"जी हां, ज़रा मोबल आयल बदलना है।" तेजासिंह ने अपने काले हाथ कपड़े से साफ करते हुए कहा।

वह बाद में डाल देना। देखो, तुम्हारे पास पिस्तौल की गोलियां हैं?"

"जी हां लेकिन वे आपके काम न आ सकेंगी।"

"क्यों? कौन-से बोर की हैं?" मैंने सिगरेट सुलगाते हुए सवाल किया।

"वे सात एम॰ एम॰ की हैं, और आपका पिस्तौल नौ एम॰ एम॰ का है।"

"फिर कहां से मिल सकेंगी?" मैंने अधीरता से सिगरेट का धुआं उगलते हुए पूछा।

"कोशिश करता हूं। शायद गुरनाम के पास हों।"

तेजासिंह ने अपने हाथ कपड़े से साफ करके कपड़ा एक ओर उछाल दिया, "लेकिन आप रिवॉल्वर क्यों नहीं ले जाते?"

"नहीं, मैं पिस्तौल ले जाना चाहता हूं। यों तो मेरे पास आठ गोलियां हैं, लेकिन मैं एक भरा हुआ मेगज़ीन फालतू रखना चाहता हूं।" मैंने जवाब दिया।

"अच्छा, तो अभी पूछकर आता हूं।"

"ज़रा जल्दी।" अधीरता से मैंने आधे सिगरेट को पांव-तले मसल दिया।

तेजासिंह चला गया। मैंने नया सिगरेट सुलगाया और भीतर जाकर व्हिस्की का एक पैग गिलास में डाला और बिना कुछ मिलाए कंठ में उंडेल लिया। फिर स्वयं को सोफे पर गिराकर बसन्तसिंह का इंतज़ार करने लगा।

युद्ध समाप्त होने के बाद मुझे बर्मा का जीवन काफी सुखद लगा। आखिर मैं फौज में भी तो कुछ अप्रिय कारणों से भर्ती हुआ था। घर से मुझे कोई लगाव नहीं था। माता-पिता से, बहन-भाइयों से कोई स्नेह-प्रेम नहीं था। फिर फौज में साढ़े पांच साल रहने के बाद घर से इतनी दूर हो गया था कि वह घर मुझे अपना घर मालूम ही नहीं होता था। इसलिए ब्रिगेड हैडक्वार्टर से मिल-कर मैंने बर्मा में त्यागपत्र दे दिया और अब यहां 'अवैध' काम करता हूं। जीवन अवश्य ही खतरों से भरा था—प्रतिक्षण कठोर संघर्ष। जब भी किसी सफर के लिए रवाना होता तो सोचता, यह मेरा अन्तिम सफर है। ऊबड़-खाबड़ तंग पहाड़ी रास्तों पर जीप को ज़रूरत से ज़्यादा तेज़ चलाना साहस ही का काम था। कई बार जंगली जानवरों से मुठभेड़ हो जाती। इसपर डाकों की भर-मार थी, क्योंकि जापानी हार चुके थे और अपने पीछे भूख, बीमारी, बेरोज़गारी और शस्त्र छोड़ गए थे। लोगों के पास मशीनगनें, ब्रेनगनें और एल० एम० जी० (लाइट मशीनगनें) आम थीं। इन परिस्थितियों में पिस्तौल और रिवॉल्वर तो पत्थर समझे जाते थे। दुर्गम रास्तों और घने जंगलों को पार करते समय ऐसा महसूस

होता था, जैसे ज़िन्दगी मौत पर कहकहे लगा रही है और मौत ज़िन्दगी पर मुस्करा रही है; लेकिन साढ़े पांच साल तक फौज में लोगों को मरते देखकर चेतन और अचेतन में मृत्यु का भय समाप्त हो चुका था। फिर इस काम में पैसा काफी था और देश में कोई कानून नहीं था। डाके, लूटपाट, हत्याएं आदि नैतिक कानून बन चुके थे और मुझे ऐसे जीवन से लगाव ही नहीं, इश्क था।

युद्ध के दौरान मैंने एक अमरीकन कैप्टेन से यह पिस्तौल यादगार के रूप में लिया था। इस पिस्तौल की मुख्य विशेषता इसका साइलेंसर था, जिससे गोली चलने की आवाज़ पैदा न होती थी और ऐसा पिस्तौल पूरे बर्मा में नहीं था।

इंतज़ार से तंग आकर मैं अपनी जगह से उठा और गिलास में एक पैग व्हिस्की डाली और पानी मिलाकर कंठ में उतार ली और सिगरेट सुलगाकर फिर इंतज़ार करने लगा।

दरवाज़े पर दस्तक पाकर मैं जल्दी से उठा ओर जाकर दरबाज़ा खोला। वह बसन्त ही था। उसके साथ एक सुन्दर वस्त्रों में सज्जित व्यक्ति भी था। अजनबी और बसन्त अन्दर दाखिल हुए और मैंने दरवाज़ा बन्द कर दिया।

हम तीनों सोफों पर बैठ गए। अजनबी ने कमरे का अच्छी तरह निरीक्षण किया और संदिग्ध नज़रों से एक-दो बार मेरी ओर देखकर अपनी नज़रें बसन्तसिंह के चेहरे पर केन्द्रित कर दीं।

"ये उनके आदमी हैं।" बसन्तसिंह ने मौन भंग किया।

"खूब!" कहकर मैं अजनबी से सम्बोधित हुआ, "आप व्हिस्की पिएंगे, या जिन या बियर?"

"नहीं, कुछ नहीं।" अजनबी ने तकल्लुफ से काम लिया।

"हां, तो मैं क्या सेवा कर सकता हूं?" मैंने मुस्कराकर पूछा।

"बसन्तसिंह ने आपको सब कुछ बता दिया होगा।" उसने मेरी ओर झुकते हुए कहा, "आपके साथ केवल मेम साहब जाएंगी। 'माल' बहुत होशियारी से पैक किया गया है। इसके लिए आपको चिंतित होने की ज़रूरत नहीं। बस, ज़रूरी बात यह है कि आप इस गति से जाएं कि मेमो की चौकी आप सुबह तीन बजे के लगभग क्रॉस करें। फिर मांडले तक कोई खतरा नहीं है।"

"वह मेरा कर्तव्य है। मेमो की चौकी पार करना मेरे लिए कोई मुश्किल काम नहीं है।" मैंने सिगरेट का लम्बा कश लेते हुए

कहा।

"तो फिर ठीक है। ये ढाई हज़ार आप यहां ले लीजिए। बाकी मांडले पहुंचकर मेम साहब आपको दे देंगी।" और अजनबी ने जेब से सौ-सौ के पच्चीस नोट निकालकर मेरी ओर बढ़ा दिए।

"ले लो बसन्तसिंह!" मैंने लापरवाही से कहा।

बसन्तसिंह ने एक-दो बार मेरी ओर आश्चर्यभरी नज़रों से देखा, फिर उस अजनबी की ओर देखा और नोट पकड़ लिए।

"गिन लीजिए, पच्चीस हैं। " अजनबी ने कहा।

"नहीं, इसकी ज़रूरत नहीं।" मैंने कहा, "आइए, टोस्ट कर लें।"

मैं सोफे से उठा और मेज़ की ओर बढ़ा। तीन गिलासों में स्कॉच का एक-एक पैग डाला और सोडे की बोतल खोलकर दोनों की ओर गिलास बढ़ा दिए।

तीन गिलास टकराए और 'सफलता' का शब्द कमरे में जागकर व्हिस्की के नीचे सो गया।

अजनबी के जाने के बाद मैंने मुस्कराकर बसन्त की ओर देखा, जो नोटों को ऐसे आश्चर्य से देख रहा था, जैसे उसे नोटों के असली होने पर सन्देह हो।

"सुनाओ बसन्ते!"

"ही-ही-ही!" बसन्त ने ज़बरदस्ती हंसते हुए अपनी दाढ़ी पर हाथ फेरा। "ही, ही, नये नोट हैं—ही-ही!" और उसने अनमन से नोट मेरी ओर बढ़ा दिए।

मैंने एक नज़र नोटों पर डाली। हिन्दुस्तान के नोटों पर 'मिलिटरी एडमिनिस्ट्रेशन इन बर्मा' लाल स्याही से छपा हुआ था। एक नोट मैंने बसन्तसिंह की ओर बढ़ा दिया।

नोट पकड़ते हुए बसन्तसिंह फिर अपनी विशिष्ट हंसी हंसा, "ही-ही-ही!"

"व्हिस्की पियो बसन्तसिंह, व्हिस्की!" मैंने मुस्कराते हुए कहा।

"नहीं-नहीं, इसकी क्या ज़रूरत है!" यह कहते हुए उसने आधा गिलास व्हिस्की का भरा और बिना कुछ मिलाए गटगट पी गया। और यह दौर तेजासिंह के आने पर भी चलता रहा।

शाम को मैं नियत समय और स्थान पर अपनी जीप के साथ पहुंच गया। सुनसान सड़क पर पेड़ों के नीचे काला गाउन पहने वह

अजनबी 'मेम साहब' खड़ी थी।

माल जीप के पिछले भाग में पेट्रोल-टंकी की जगह रख दिया। मेम साहब के अटैचीकेस को पिछली सीट पर अपने अटैचीकेस के साथ रखा, और फिर मैंने माल के टिन को सूंघा—कोई गंध नहीं थी।

मेम साहब मेरी दाईं ओर बैठ गई। स्टीयरिंग पर बैठते हुए मैंने एक उचटती नज़र उसपर डाली और मुस्कराकर रह गया। औरत सचमुच सुन्दर और काम की थी। उसके नैन-नक्श से प्रकट होता था कि वह यूरोपियन नहीं थी और उसे केवल व्यापार से सरोकार था।

मैंने जीप स्टार्ट करके क्लच को एकदम छोड़ दिया। जीप एक धचके से आगे बढ़ी और फिर गियर पर गियर बदलते रहे।

सात-आठ मिनट में हम शहर की सीमाओं से निकल गए। चारों ओर अंधेरा फैलता जा रहा था। मैंने हैडलाइट जलाकर पहाड़ी मार्ग पर जीप को चालीस मील की गति पर डाल दिया। मेम साहब पर इसका कुछ प्रभाव न हुआ। उसने अपनी नज़रें सड़क पर जमा रखी थीं। चेहरा खिंचा हुआ था—'क्या सुन्दर औरतें भी कड़वी होती हैं?' इस विचार के मन में आने पर मैं मुस्कराने पर विवश हो गया और जीप को और तेज़ चलाने लगा।

सड़क की एक मुद्दत से मरम्मत नहीं हुई थी। उसपर बमबारी से जगह-जगह गढ़े पड़ गए थे, जिन्हें अस्थायी रूप से पाट दिया गया था। लेकिन जब जीप तेज़ी से उन गढ़ों पर से गुज़रती तो बच्चों की तरह से उछलने लगती और मेम साहब मुझे खा जाने वाली नज़रों से देखने लगती। जवाब में मैं चेहरे पर रोमांटिक मुस्कराहट पैदा करता और जीप को और अधिक तेज़ चलाने लगता।

पहाड़ी रास्ते के खतरनाक मोड़ को जब मैं जीप को दूसरे गियर में डालकर काटता तो वह अपनी सीट के दाईं ओर के लोहे के डंडे को पकड़ने पर विवश हो जाती। पहले तो एक मोड़ पर उसने मुझे इस हरकत पर घूरा, लेकिन जब उसे विश्वास हो गया कि मैं एक एक्सपर्ट ड्राइवर हूं तो सन्तुष्ट हो गई और उसने मेरी ओर खूनी नज़रों से घूरना बन्द कर दिया। मैं इस भयंकर चुप्पी से तंग आ गया था। आखिर यह कैसी औरत है, जबकि जवान और सुन्दर भी

है! माना कि खतरनाक धंधा करती है, लेकिन मैं इसका शत्रु तो नहीं हूं। आखिर यह कुछ बात क्यों नहीं करती? यह सारी रात का थका देने वाला सफर ऐसी चुप्पी से तो जान लेवा हो जाएगा। क्या इसे अपनी सुन्दरता का घमंड है या प्रधान भाव कि मैं एक ड्राइवर हूं जिसे इसने पांच हज़ार रुपये में केवल एक रात के लिए खरीदा है।

आखिर इस चुप्पी से बौखलाकर मैंने ही साहस किया, "क्या मैं आपका नाम पूछ सकता हूं?"

जवाब में वह सड़क की ओर देखती रही और बिलकुल यह प्रकट न होने दिया कि उसने मेरा सवाल सुना है। मैं दो-एक मिनट उसके जवाब की प्रतीक्षा करता रहा, लेकिन उसे तो जवाब देना ही नहीं था। मैंने एक बार फिर साहस से काम लेकर कहा, "मैंने कहा था, क्या मैं आपका नाम जान सकता हूं?"

इस बार बिना मेरी ओर देखे उसने कहा, "आप अपना काम कीजिए।"

इस खुरदरे जवाब से मैं मन ही मन झल्ला उठा, 'घमंडी! इसे अपनी सुन्दरता पर घमंड है। हुंह! होता रहे, मुझे क्या?' लेकिन मैं इस तरह पराजित नहीं हो सकता था। मैंने क्रोध से खोलते हुए जीप को पचास मील की गति से चलाना शुरू कर दिया, लेकिन उसपर इसका कुछ असर न हुआ।

रात के साढ़े ग्यारह बजे के लगभग चांद ने अपना आधा चेहरा दिखाया। चारों ओर मीठी और ठंडी चांदनी फैल गई। दूर-दूर तक कोई गांव या रोशनी नज़र नहीं आ रही थी। सड़क बिलकुल सुनसान थी। दोनों ओर घने जंगल और काले पहाड़ आराम कर रहे थे। चांद निकलने से वातावरण में शीतलता आ गई और हवा के फर्राटे जीप को थपेड़े मारने लगे। बाय हाथ को स्टीरिंग पर रखकर मैंने दाईं ओर कोट का कॉलर खड़ा कर लिया, लेकिन जब इससे बात न बनी तो मैं जीप को रोककर नीचे उतर आया।

मेम साहब ने संदिग्ध नज़रों से मेरी ओर देखकर अपने पर्स को संभाल लिया। उसका खयाल था कि मैं उसे लूटने की कोशिश करने लगा हूं। मैंने व्यंग्यभरी मुस्कराहट से उसकी ओर देखा और हिप पॉकेट से चांदी की फ्लास्क निकाली।

"ड्रिंक?" मैंने उससे पूछा।

"नो, थेंक्स।" उसने रूखेपन से कहकर मुंह दूसरी ओर फेर लिया।

क्षण-भर के लिए मुझे क्रोध आया कि साली शराब का अपमान कर रही है। घमंड की बच्ची! लेकिन शराब के चार-पांच कड़वे घूंटों ने उस क्रोध को दबा दिया। वह शराब, जो औरत की तरह सुन्दर और कड़वी थी।

फ्लास्क का ढक्कन बन्द करके जेब में डाली और फिर से स्टीयरिंग पर जा बैठा।

एक बार घूरकर उसकी ओर देखा और जीप स्टार्ट कर दी। शराब की कड़वाहट सरूर में बदलने लगी। अथाह चुप्पी ओर उसके व्यवहार से तंग आकर मैंने अंग्रेजी में गाना शुरू कर दिया—

'For every man there is a woman .'[1]

लेकिन वह इससे भी प्रभावित न हुई। और मैं जल उठा। जंगली, बदतमीज़...और न जाने कौन-कौन-सी गालियां मैंने उसे अपने दिल में दीं और सारी नाराज़गी जीप के एक्सीलेरेटर पर निकाल दी।

डेढ़ बजे के लगभग हम 'सपू' से गुज़रे। उसके कुछ मील आगे एक पुल था, जहां हमको दो हज़ार फुट नीचे उतरकर एक 'नाके' को पार करना था और फिर दो हज़ार फुट की ऊंचाई पर चढ़ना था। यह उतार और चढ़ाई बहुत ही खतरनाक थी, जहां बड़ी गाड़ियां आसानी से मोड़ नहीं काट सकती थीं; लेकिन वह मोड़ मैंने बड़ी सफाई और फुर्ती से काटे।

आधे घंटे में हम पेट्रोल पम्प पर पहुंच गए। वहां से मेमो की चौकी लगभग अठारह मील थी। पेट्रोल पम्प पर मैंने जीप को खड़ा किया और नीचे उतर आया। व्हिस्की के कुछ घूंट पीकर उसको पुन: ड्रिंक के लिए पूछा, लेकिन उसने उसी प्रकार घमंड से इनकार कर दिया।

"ले लो, ज़रा दिल मज़बूत हो जाएगा।"

"नहीं, मुझे इसकी ज़रूरत नहीं है।" अब उसके स्वर में वह पहले ऐसी कड़वाहट और अक्खड़पन नहीं था। शायद इसलिए कि मेमो की चौकी अब निकट आ गई थी—और साली को

---

1. प्रत्येक पुरुष के लिए कोई न कोई स्त्री मौजूद है।

पुलिस द्वारा पकड़ लिए जाने पर बाईस हज़ार के माल की ज़ब्ती और अन्य खर्चों का भय था।

मैंने पिछले हिस्से से अपना अटैचीकेस निकाला और खोलकर कैप्टेन की वर्दी निकाली। वह मेरी ओर आश्चर्य से देखती रही कि मैं क्या कर रहा हूं। सूट उतारकर मैंने वह वर्दी पहन ली। कोट की जेब से पिस्तौल निकालकर एक्शन में किया और सेफ्टी लगा दी—और मनबहलावे के लिए सीटी बजाने लगा।

शराब के कारण मेरा खून गर्म नृत्य करने लगा। एकाएक मैं उसकी ओर बढ़ा, लेकिन इससे पहले कि मैं अपने होंठ उसके होंठों पर रखने में सफल होता, उसने अपने पर्स से एक छोटा-सा पिस्तौल निकाल लिया। पिस्तौल देखकर मेरी कामवासना ठंडी पड़ गई और मैं चुपचाप अपनी सीट पर बैठकर जीप चलाने लगा।

चौकी से दो मील इधर मैंने जीप का हॉर्न बजाना शुरू कर दिया। सड़क यद्यपि बिलकुल वीरान और सुनसान थी, लेकिन मैं सोई हुई पुलिस को जगाना चाहता था। मेम साहब के चेहरे पर घबराहट के लक्षण उभर आए। उसे मुझपर सन्देह होने लगा कि कहीं मैं उसे गिरफ्तार न करा दूं।

उसने अवश्य ही यह सोचा होगा कि रात के उस समय पुलिस वाले आराम से सो रहे होंगे और वह चुपचाप उस चौकी से निकल जाएगी; लेकिन अब हॉर्न की आवाज़ सुनकर सारे कर्मचारी जाग गए होंगे और वे हमें ज़रूर रोकेंगे। मेम साहब की आंखों में क्रोध के साथ-साथ दया की भावना उभर आई।

जीप के प्रकाश में मैंने देखा कि सड़क के बीचो-बीच एक पुलिस अधिकारी रिवॉल्वर लिए जीप को रोकने का इशारा कर रहा था।

उसके निकट पहुंचकर मैंने जीप को पूरी शक्ति से ब्रेक लगाया और इंजन बन्द करके नीचे उतर आया।

"हैलो इंस्पेक्टर!" मैंने सिगरेट निकालते हुए कहा।

"हैलो।" उसने मुझे और जीप को चांद के प्रकाश में संदिग्ध नज़रों से देखा।

"मेरा कर्नल इधर से गुज़रा है?" मैंने उसे सिगरेट पेश करते हुए रोबदार आवाज़ में पूछा।

"नहीं।" उसने सिगरेट लेते हुए कहा।

"अच्छा, वह अभी आएगा। उससे कह देना कि मैं गुज़र चुका हूं।" मैंने उसका सिगरेट सुलगाते हुए कहा।

"बेहतर।" वह सिगरेट का कश लेकर शांत भाव से बोला।

"यहां कोई होटल इस समय खुला होगा?" मैंने अपना सिग-रेट सुलगाते हुए पूछा।

"नहीं, इस समय तो नहीं।" इंस्पेक्टर घुआं उड़ाते हुए बोला।

"डार्लिंग! क्या खयाल है, मांडले चला जाए?" मैंने मेम साहब की ओर प्यार से देखते हुए कहा।

"यस डियर!" वह सन्तोष की सांस लेकर अभिनय करते हुए बोली, "जल्दी चलो, रात बहुत गुज़र चुकी है और मुझे नींद आ रही है।" और उसने बनावटी जमुहाई ली।

"ओ॰ के॰।" कहकर मैं इंस्पेक्टर की ओर मुड़ा, "ऑल राइट इंस्पेक्टर! गुड बाई।"

"गुड बाई।" इंस्पेक्टर ने हाथ हिलाते हुए कहा।

जीप स्टार्ट हुई और कुछ ही मिनटों में हम मेमो के बाज़ार से गुज़रते हुए सुनसान जंगल में आ गए। यहां से मांडले लगभग बयालीस मील था।

"बहुत दिलेर हो!" मेम साहब मुझसे बोली।

"हूं।" मैंने बेरुखी से उत्तर दिया।

"क्या पहले सेना में थे?"

"हूं।" मैंने फिर संक्षिप्त उत्तर दिया।

"मुझे क्षमा कर दो। मैंने तुम्हें गलत समझा था।" उसने याचना-भरे स्वर में कहा।

"ठीक है।" मैंने फिर कोरा उत्तर दिया।

"तुम्हारा नाम क्या है?"

"पाल—एम॰ पाल।"

"मेरा नाम डोरियन है—एल॰ डोरियन।"

"हूं।"

"यही काम करते हो?" उसने बात बढ़ानी चाही।

"हां।" मैंने मोड़ काटते हुए कहा।

"अपना निजी काम क्यों नहीं शुरू कर देते?"

"पूंजी नहीं है।" मैं संधि पर तैयार हो गया।

"वह मेरे पास है।" उसने मुझे प्यार-भरी नज़रों से देखते

हुए कहा।

"मतलब ?" मैंने चौंककर पूछा।

"तुम्हें पूंजी की ज़रूरत है और मुझे एक विश्वासपात्र पढ़े-लिखे आदमी की। क्या खयाल है, अगर हम साझे में काम करें ?"

"खयाल बुरा नहीं।" मैंने उसकी ओर देखते हुए उसका समर्थन किया।

"फिर एग्रिमेंट हो जाए।" उसने पेशकश की।

"मैं एग्रिमेंट नहीं करता।" मैंने पहाड़ का अन्तिम मोड़ काटते हुए कहा।

"फिर ?" उसने आश्चर्य से पूछा।

एकाएक जीप रोककर मैंने अपना बाज़ू उसकी कमर के गिर्द लपेट लिया और अपने होंठ उसके होंठों पर झुका दिए।

देवी

कुन्दनलाल ने घड़ी पर नज़र डाली। दस बजने में पांच मिनट थे—और उसकी पत्नी शीला न जाने कहां चली गई थी।

"कहां चली गई?" कुन्दनलाल बड़बड़ाने लगा, "आज तक कभी ऐसा नहीं हुआ। क्या ऐसा तो नहीं कि शीला की घड़ी बन्द हो गई हो?"

बीस वर्ष में एक बार भी ऐसा नहीं हुआ था। बीस वर्ष पहले वह शीला को ब्याहकर लाया था। उन दिनों वह एक साधारण व्यक्ति था, लेकिन शीला ने आते ही मानो कुन्दनलाल का घर भर दिया और फिर गली-मोहल्ले की हर स्त्री की ज़बान पर एक ही शब्द रहने लगा—'शीला! शीला जैसी पत्नी भगवान हर किसीको दे।' इतनी सौभाग्यशाली, सुघड़, सलीकामंद, शिष्ट और सेवा-भाव की स्त्री लाखों में एक होती है। शीला एक उदाहरण बन गई थी।

यों भी स्त्री घर की लक्ष्मी होती है और शीला लक्ष्मी ही नहीं, महालक्ष्मी सिद्ध हुई थी। कुछ वर्षों में ही छोटे-से मकान की जगह कोठी खड़ी हो गई। वह फैक्टरी, जहां दो आदमी काम करते थे, वहां दर्जनों हो गए। साइकल—जिसपर रंग और ब्रेकें नहीं थीं, उसकी जगह सेकण्ड हैंड कार आ गई। सोफे, रेडियो, फ्रिज़ अर्थात् सुख-सुविधा का कौन-सा सामान था, जो उस घर में नहीं था! युद्ध ने व्यापार को चमका दिया था। सैकड़ों हज़ारों बन गए। धन की रेल-पेल होने लगी। युद्ध समाप्त हुआ तो देश स्वतंत्र हो गया। जो ज़मीन दो रुपये गज़ में खरीदी गई थी, कुछ ही वर्षों में सौ रुपये गज़ हो गई।

धन-दौलत, अच्छा रहन-सहन और शीला जैसी देवी पत्नी के बाद भगवान ने सन्तान से भी घर भर डाला। बड़ी लड़की सुषमा अब कॉलेज में पढ़ती थी। बाकी लड़के भी स्कूलों में थे और अच्छी शिक्षा पा रहे थे।

कुन्दनलाल ने पुनः घड़ी पर नज़र डाली। दस बजने वाले थे, लेकिन शीला का कहीं पता न था। बीस वर्षों से प्रति दिन नियमित रूप से पौने दस बजे वह उसे फैक्टरी के लिए विदा करने दरवाज़े तक आती थी, लेकिन आज दस बज गए थे और शीला न जाने कहां थी!

खैर! कुन्दनलाल ने सोचा, शायद किसी काम में कहीं चली गई हो या अभी मन्दिर से ही न लौटी हो, जहां वह प्रतिदिन जाती थी। आखिर वह कार में बैठकर फैक्टरी के लिए रवाना हो गया, जिसमें अब साठ-सत्तर आदमी काम करते थे।

कुन्दनलाल एक नया कारोबार शुरू करना चाहता था। कुछ मित्रों के साथ मिलकर वह बड़े पैमाने पर एक फैक्टरी लगाना चाहता था। स्वतन्त्र देश में उद्योग और व्यापार की बड़ी ज़रूरत थी। किसी भी वस्तु के निर्माण के लिए ऊंची संभावनाएं थीं।

साढ़े तीन बजे वह फैक्टरी से निकला। एक ज्योतिषी की उसने बहुत प्रशंसा सुनी थी। यद्यपि वह एक अन्य ज्योतिषी के पास वर्षों से जा रहा था लेकिन इस नये काम के विषय में, जो वह मित्रों के साथ मिलकर शुरू कर रहा था, वह इस ज्योतिषी से पूछना चाहता था। किसी मित्र ने इस ज्योतिषी की बहुत प्रशंसा की थी, इसलिए वह उसे कार में बिठाकर अपनी कोठी पर ले आया।

ज्योतिषी सोफे पर आलथी-पालथी मारकर बैठ गया तो कुन्दनलाल ने अपनी जन्मपत्री बढ़ाते हुए कहा, "पंडितजी, मैंने आपकी बड़ी प्रशंसा सुनी है। ज़रा यह पत्री भी देख डालिए।"

"मैं अभी इस योग्य नहीं हूं सेठजी, कि मेरी प्रशंसा की जाए।" ज्योतिषी ने प्रशंसा से प्रसन्न होकर कहा, "मैं तो अभी इस विद्या का साधारण-सा विद्यार्थी हूं।"

"खैर, यह आपकी बड़ाई है।"

ज्योतिषी पांच मिनट तक पत्री का निरीक्षण करता रहा। फिर नज़रें उठाकर बोला फरमाइए क्या बताऊं?"

"आप स्वयं ही जो चाहे बताएं।"

"मैं सन्तान से शुरू करता हूं।" ज्योतिषी ने ध्यानपूर्वक पत्री देखते हुए कहा, "सन्तान के योग में केवल एक लड़की है।"

"केवल एक लड़की!" कुन्दनलाल ने चौंककर कहा, "पंडितजी, जरा ध्यान से देखिए।"

ज्योतिषी संभल गया। उसकी पहली बात ही गलत सिद्ध हुई थी। उसने पत्री को पुन: ध्यानपूर्वक देखा और पांच मिनट बाद बोला, "सेठजी, ग्रह तो यही बताते हैं कि आपके यहां केवल एक लड़की होगी। हां, आपको लड़कों का सुख भी मिलेगा।"

"क्या मतलब?"

"यही कि भतीजे और भानजे भी···"

"नहीं, पंडितजी!" कुन्दनलाल ने मुस्कराकर कहा, "आपकी प्रशंसा तो बहुत सुनी थी, लेकिन आपकी पहली बात ही गलत निकली। भगवान की दया से एक लड़की और चार लड़के हैं मेरे।"

ज्योतिषी ने कन्दनलाल की ओर आश्चर्य से देखा और बोला, "एक लड़की और चार लड़के?" फिर पत्री पर झुक गया, "लेकिन···"

"लेकिन-वेकिन कुछ नहीं पंडितजी!" कुन्दनलाल हंसकर बोला, "अब आप हर बात लपेटकर बताएंगे, इसलिए यह रही आपकी दक्षिणा और मैं ड्राइवर से कहे देता हूं, वह आपको छोड़ आएगा।" और कुन्दनलाल ने दस का नोट ज्योतिषी की ओर बढ़ा दिया।

"नहीं-नहीं, इसकी आवश्यकता नहीं।" ज्योतिषी को लगा, जैसे उसे मां की गाली दी गई हो। उसने एक बार फिर पत्री को ध्यानपूर्वक देखा और पत्री लपेटकर कुन्दनलाल को थमा दी।

"ले लीजिए। आखिर आपने यहां तक आने का कष्ट किया है।" कुन्दनलाल ने पुनः नोट बढ़ाया।

"जी नहीं, धन्यवाद। आप यह नोट रख लीजिए। जब मैं आपको एक बात भी ठीक नहीं बता सका तो में दक्षिणा नहीं लूंगा और मैं आपकी कार में जाने के बजाय पैदल जाना पसन्द करूंगा।"

"कोई बात नहीं पंडितजी, ऐसा हो ही जाता है। आखिर भविष्य के विषय में भगवान के सिवा कौन जान सकता है।"

"लेकिन यह तो भूत अर्थात् अतीत की बात है।" ज्योतिषी ने कहा।

"खैर, मैं ड्राइवर से कहता हूं कि वह आपको छोड़ आए।"

"जी नहीं, आप यह नोट भी रखिए, मैं पैदल ही जाऊंगा। लेकिन एक बात कहता हूं।"

"फरमाइए।"

"आप वायदा कीजिए कि एक बार मेरे यहां अवश्य पधारेंगे?" ज्योतिषी ने खड़े होते हुए कहा।

"ज़रूर आऊंगा।" कुन्दनलाल के स्वर में व्यंग्य था।

इतने अनुरोध के बावजूद ज्योतिषी ने न तो नोट लिया और न ही कुन्दनलाल की कार में गया।

बात मामूली थी, जिसे कुन्दनलाल भूल गया; लेकिन कई बार एकान्त में उसे वह ज्योतिषी याद आ जाता, जो ज़रूरत से ज़्यादा ज़िद्दी और स्वाभिमानी था। जिसने नोट और कार को ठुकरा दिया था।

समय व्यतीत होता रहा। कुछ मास बाद कुन्दनलाल को उसी क्षेत्र में किसी व्यक्ति से मिलना था, जिस क्षेत्र में वह ज्योतिषी रहता था। वह व्यक्ति नहीं मिला। एक घण्टा इंतज़ार करना था। वह सोच रहा था कि फैक्टरी वापस चला जाए, लेकिन अचानक उसे वह ज्योतिषी याद आ गया। उसने सोचा, चलो, उसके पास बैठता हूं। वह ज्योतिष तो ठीक न लगा सका था, लेकिन एक घण्टे का समय अच्छी तरह गुज़र जाएगा और बड़ी बात नहीं, यदि वह उस दिन के अपने व्यवहार के लिए लज्जित भी हो।

कुन्दनलाल जब ज्योतिषी की दुकान पर पहुंचा तो वहां ज्योतिषी के अलावा केवल एक व्यक्ति बैठा हुआ था। कुन्दनलाल भी नमस्ते करके एक ओर बैठ गया।

दस मिनट बाद वह व्यक्ति चला गया तो ज्योतिषी कुन्दनलाल से सम्बोधित हुआ, "कहिए, मैं आपकी क्या सेवा कर सकता हूं?"

"क्या आपने मुझे पहचान लिया है?" कुन्दनलाल ने व्यंग्यात्मक मुस्कराहट के साथ कहा।

"क्यों नहीं!" ज्योतिषी भी होंठों ही होंठों में मुस्कराया।

"फिर कुछ बताइए ना!" कुन्दनलाल का स्वर मानो ज्योतिषी की खिल्ली उड़ा रहा था।

"क्या पूछना चाहते हैं?"

"पूछना क्या है!" कुन्दनलाल ने मुस्कराकर कहा, "उस दिन मैंने आपको व्यर्थ कष्ट दिया। आपने बुरा तो नहीं माना?"

"मैं क्यों बुरा मानने लगा!" ज्योतिषी ने धीमे स्वर में कहा, "लेकिन उस दिन आपने मेरा नहीं, मेरी विद्या का अपमान किया था।"

"ऐसी बात नहीं पण्डितजी! मैंने आपकी प्रशंसा सुनी थी, लेकिन आपने पहली बात ही गलत बताई तो मेरा भरम टूट गया।"

"आप कैसे कह सकते हैं कि मैंने गलत बात बताई थी?" ज्योतिषी ने उसकी नज़रों से नज़रें मिलाते हुए कहा।

"वाह!" कुन्दनलाल हंस दिया, "जब मैं चार लड़कों और एक लड़की का पिता हूं, तो फिर···"

"यह ठीक है कि आप चार लड़कों और एक लड़की के पिता हो सकते हैं, लेकिन आपकी पत्री के अनुसार आपके केवल एक लड़की होनी चाहिए।"

"लेकिन मेरे तो घर में खेल रहे हैं।" कुन्दनलाल फिर हंस पड़ा।

"ज़रूर खेल रहे होंगे।"

"क्या मतलब, ? क्या मैं झूठ बोल रहा हूं?"

"नहीं," ज्योतिषी ने एक गहरी सांस ली, "सेठजी! मैं अब भी कुछ नहीं कहना चाहता था; हालांकि उस दिन आपने मेरी विद्या का अपमान किया था, लेकिन अगर आप यही चाहते हैं तो मैं ज़बान खोलने पर विवश हूं।"

"कहिए-कहिए, आप क्या कहना चाहते हैं?" कुन्दनलाल ने लापरवाही से कहा।

"आप अपना डॉक्टरी निरीक्षण कराइए, फीस मैं दूंगा।" ज्योतिषी ने कहा।

"क्या···क्या?" कुन्दनलाल सोच भी न सकता था कि ज्योतिषी ऐसी कड़ी बात कह देगा। तीन-चार मिनट तक वह फटी-फटी आंखों से ज्योतिषी की ओर देखता रहा, फिर बोला,"पंडितजी,

यह आप क्या कह रहे हैं?"

"मैंने ठीक कहा है। फीस मैं दूंगा।"

कुन्दनलाल की हंसी-मुस्कराहट सब गायब हो गई। दिल धड़कने लगा और आंखों के आगे अंधेरा छा गया। बड़ी मुश्किल से बोला, "आप एक देवी पर आरोप लगा रहे हैं पंडितजी। वह देवी पिछले बीस वर्ष से मेरी जीवनसाथी है।"

"खैर, मैं विवाद में नहीं पड़ूंगा।"

उस रात कुन्दनलाल क्षण-भर के लिए भी न सो सका। उसे ज्योतिषी पर क्रोध भी आ रहा था और दया भी। क्या वह ज्योतिषी उसे ब्लैकमेल कर रहा था या उसने उस दिन के अपमान का बदला लिया था या वह सचमुच···?

सारी रात वह सिगरेट फूंकता रहा, फिर पौ फूटते ही उसने निश्चय कर लिया कि वह डॉक्टर से मिलेगा और यदि बात गलत निकली तो वह ज्योतिषी का सिर फोड़ देगा।

अगले दिन वह शहर के सबसे बड़े पेथॉलोजिस्ट से मिला। रिपोर्ट उससे अगले दिन तैयार होनी थी।

वह रात भी कुन्दनलाल क्षण-भर के लिए न सो सका।

शीला साथ ही के पलंग पर बेसुध सो रही थी और वह उसके भोले-भाले चेहरे को देख-देखकर सिगरेट पर सिगरेट फूंक रहा था।

अगले दिन ठीक ग्यारह बजे वह धड़कते दिल और कांपती टांगों के साथ पेथॉलोजिस्ट के क्लिनिक में पहुंचा।

"क्या रिपोर्ट तैयार है?" कुन्दनलाल ने सूखे होंठों पर ज़बान फेरकर पूछा।

"जी हां।"

"क्या रिपोर्ट है?"

"आप पिछले चौदह वर्षों से बच्चा पैदा करने के योग्य नहीं हैं।"

"क्या?" कुन्दनलाल का दिमाग चकरा गया। वह और कोई प्रश्न न कर सका और पागलों की तरह उठकर बाहर की ओर चल दिया।

डॉक्टर आश्चर्य से उसकी ओर देख रहा था।

कुन्दनलाल जब दरवाज़े के पास पहुंचा तो बड़बड़ाया—"देवी!"

"कुछ मुझसे कहा आपने?" डॉक्टर ने पूछा।

"नहीं, नहीं!" कुन्दनलाल ने सिर हिलाया और बाहर निकल गया।

OOO